KB244117

주바라기 여정

유호식 아우구스티노 신부

신학대학 재학 중

사제 서품 1973. 12. 8

태평동 성당 주임신부 (2013)

태평동 성당 미사 집전

주바라기
여정

국립중앙도서관 출판시도서목록(CIP)

주바라기 여정 / 지은이: 유호식. -- 대전 :
오늘의문학사, 2013

p. ; cm

ISBN 978-89-5669-579-2 03810 : ₩12000

글 모음집[--集]

041-KDC5

089.957-DDC21   CIP2013023438

사제생활 40년 여정에 숨어있는 하느님의 손길

주바라기 여정

유호식 아우구스티노 신부 지음

오늘의문학사

주바라기 여정

"주님께서 이 일을 이루셨으니, 하늘아, 환성을 올려라.
땅속 깊은 곳들아, 함성을 질러라. 기뻐 소리쳐라, 산들아
수풀과 그 안에 있는 모든 나무들아. 주님께서 야곱을 구원하셨고
이스라엘에게 당신 영광을 드러내셨다.
너의 구원자이신 주님,
너를 모태에서부터 빚어 만드신 분께서 이렇게 말씀하신다.
나는 주님, 모든 것을 만든 이다."

이사 44:23-24

하늘아래 생겨난 모든 것에는 시작이 있고 마침이 있다. 하느님만이 예외고 영원하시다. 그러고 보면 나는 마침이 있는 이 세상과 끝이 없는 하느님 나라를 향한 사이에 있었다고 할 수 있지 않을까? 지금까지의 생활을 정리하면서 이제 내 허전한 가슴은 앞으로 펼쳐질 날들에 대한 기대와 희망으로 가득 찬다.

본당 사목을 접어야 할 날이 멀지 않다보니 자연히 지난날들을 되돌아보게 된다. 그 길이 어느덧 사십년이란 세월이 흘렀다. 본당 사목의 길은 하루하루가 빠르게 지나간다. 그동안 사제로서 평범한 외길을 걸어왔지만 다른 사람들처럼 늘 평탄한 장밋빛 길만을 걸어 온 것은 아니었다. 오르막과 내리막이 있었고 굽이굽이 어지럽고 험한 길도 있었다.

각양각색의 세상 사람들이 각자의 여정을 걸어 왔듯이 나도 사제로서 오늘에 이르렀으니 이제 새로운 매듭이랄까, 마음의 정리를 하며 모퉁이를 돌아서면 이전과는 다른 양상의 길을 걷게 될 것이다.

사제의 길은 어떤 것인가? 이 글은 이런 거창한 물음에 답하고자 하는 것은 결코 아니지만 제사祭祀 거행의 직분 외에 예전에 많이 쓰이던 탁덕이란 말로 표현하면 어떨까? 탁덕鐸德이란 '살책이탁덕撒責爾鐸德'의 준말로 라틴어의 사제를 뜻하는 단어 사체르도스Sacerdos를 중국어로 음역音譯한 말인데 여기저기 두드려 덕을 펼친다는 뜻이다. 중국에서는 탁덕을 수행하는 스님을 뜻하였던 같다. 한국에 천주교가 들어온 초기에 그 단어의 의미를 귀하게 여겨 오랜 시기 동안 신부를 일컫는 말로 즐겨 사용하였다. 내가 사제 서품을 받고서 살아온 40년 동안 그리스도의 복음과 덕을 과연 얼마나 전했을까? 목표는 뚜렷이 있지만 가는 길은 정해져 있지 않은 여정, 그건 탁덕의 삶을 살아가는 사람들의 행로일 게다. 여러 본당에서 살다보니 세상은 항상 미지의 세계를 탐험하듯 예상을 넘어서고 기대 이상의 경섭經涉으로 많은 견문을 넓히기도 했다. 이승에서의 삶은 언제 어떻게 될지 쉽게 예측하기 어려운 법이다.

이제 자신을 돌아보며 기억이라는 작은 곡간에 쌓여 있던 것들에게 바람과 햇볕을 쐬면서 다시 한 번 들여다보고자 하는 마음이 이 글을 쓰도록 했다. 그동안 살며 느꼈던 소소한 부분의 잊히지 않는 이야기를 소중한 사람들과 나눠보고 싶다.

이 책을 읽는 사람은 내게 귀중한 분이니 서로 기도하는 관계가 되었으면 싶은 희망의 마음으로 글을 시작한다.

40이라는 숫자는 성경에서 많이 언급될 뿐만 아니라 매우 의미 있는 중요한 수이다. 특별히 어떤 일을 준비하는데 필요한 시간으로 볼 수 있고 또 새로움을 맞이하기 위해 자신을 정화하는 시기이기도 하다.

이스라엘이 광야에서 40년을 살며 하느님께서 그들과 얼마나 가깝게 있었는지를 체험하는 구원의 아름다운 시간이었던 반면 때로 전혀 예측하지 못했던 고난을 겪으며 하느님께 원망하며 대들고 불평할 때도 있었다. 그들은 가나안 땅에 들어가기 위해 이 모든 것을 겪으며 정화가 필요했었다.

나도 40년을 사제로 살면서 때론 거칠게 불어 닥치는 모래바람 속에서 작은 바람막이와 그늘도 소중하게 여기며 긍정과 부정의 희로애락을 함께 겪었지만 이 모든 것을 허락해 주신 하느님께 감사드리지 않을 수 없다. 돌이켜보면 모두가 하느님의 은총이 아닐 수 없다. 어찌 나 혼자 힘으로 크고 작은 파도를 헤쳐 나갈 수 있었겠는가? 생각해 보면 그간 교우들과의 오해나 언짢은 일을 통해서도 하느님께서는 교훈을 주시고, 겸손을 가르쳐주시고, 나를 성장시켜 주셨다. 그리고 좋은 일들, 성공한 것처럼 보이거나 또는 잘 해결하지 못한 것들을 통해서도 격려와 용기를 주셨다. 이 모든 삶의 발자취를 되돌아보며 거듭 거듭 감사를 드린다.

이제 은퇴라는, 인생의 다음 단계로 넘어가면서 그 기간이 얼마인지 모르지만 주님께서 계속 함께 해주시고 인도해 주시도록 온 마음으로 기도한다. 이 글을 쓰면서 가급적 특정한 사람을 지칭하지 않으려고 애를 썼다. 어쩔 수 없이 직책 맡은 사람을 거론한 것은 이야기의 이해를 돕기 위해서이다.

혹시 글 가운데 존중이 결여된 무례가 발견된다면 의도적인 것이 아니라 필자의 무능이고 우둔함의 소치일 것이다. 보다 사려 깊지 못한 점에 대해서 독자의 넓은 아량과 용서를 빈다.

막상 글을 내놓으려 생각하니 여러 모로 부족함을 느끼지 않을 수 없다. 글재주도 없고 아무도 거들떠보지 않는 시시한 것들을 펼쳐놓는 것 같아 부끄럽기도 하다. 세상에는 얼마나 유익하고 아름다운 좋은 글들이 많이 있는가? 거기에 비해서 보잘 것 없는 이야기를 엮어 본 것은 앞에서도 언급하였듯이 이제 40을 채우면서 감사와 더불어 새롭게 다시 시작하고자 하는 마음에서다. 그리고 나머지 시간도 주님께서 함께 해주시는 의미 있는 시간으로 맞이하고 싶기 때문이리라.

끝으로 이 책이 나오기까지 여러 차례 교정과 조언을 아끼지 않으신 분들에게 깊이 감사드리지 않을 수 없다. 그리고 이 책을 출판해 주신 오늘의문학사에도 감사를 드린다.

유호식 신부님, 착한 목자의 삶에 감사드립니다!

유호식 아우구스티노 신부님의 『주바라기 여정』 발간을 진심으로 축하드립니다. 지난 40년 동안 착한 목자로 사셨던 신부님의 삶이 짙게 배어있는 기쁨을 신부님과 신부님을 기억하시는 모든 분들과 함께 나누고 싶습니다.

신부님은 저의 중학교 선배님이시고, 같은 본당 출신입니다. 제가 서울 신학교에 입학하였을 때에 신부님은 군대에 계셨고, 제대하신 후에 신학교에 복학하신 후 2년을 함께 살았습니다. 제가 군대에 가고, 또 제대한 후에 바로 로마로 유학을 떠났으니 신부님과 함께 한 시간은 길지 않습니다. 신부님의 조용하신 성격에 비하면 저는 목소리뿐만 아니라 웃음소리도 크고 요란한(?) 후배였습니다. 신부님께서는 저의 이런 모습을 싫어하시거나 못마땅해 하지 않으시고 넓은 마음으로 품어주셨음을 잘 알고 있습니다.

부족한 본당 후배가 주교가 되었으니… 늘 조용하게 기도해 주시고, 응원해 주시고, 좋게 보아주셨습니다. 진심으로 감사드립니다.

신부님께서는 착한 목자로 여러 다양한 곳에서 사목을 하셨습니다. 국내만 아니라 캐나다와 미국에서도 교포 사목도 하셨습니다. 신부님께서 보내 주신 원고를 읽으면서 제 자신이 푹 빠져들었습니다. 사제로서의 일상의 삶을 평범하게 기록하셨지만 신부님의 목자적인 자상하심과 큰 사랑이 있음을 느끼면서 마음이 찡하기도 하였습니다. 사목하시는 장소가 바뀔 적마다 변함없으신 양 냄새가 나는 신부님의 삶을 보았습니다.

원로 사제의 회고록은 개인의 역사이지만 또한 교회를 위하여도 매우 중요한 기록입니다. 하느님께서는 사제들의 구체적인 삶을 통해서도 구원과 사랑의 역사를 이루어가시기 때문입니다. 사제들과 신자들이 본받아야할 이야기도 있으며, 많은 이들의 아름다운 추억을 되살리는 이야기도 있습니다. 많은 이들이 신부님의 회고록을 접하면서 신부님과의 지난 세월을 공감하시리라 생각됩니다.

존경하는 신부님,

신부님께서 쓰신 말씀이 특별하게 다가옵니다.

"본당 사목을 접어야 할 날이 멀지 않다보니 자연히 지난날들을 되돌아보게 된다. 그 길이 어느덧 사십년이란 세월이 흘렀다.

본당 사목의 길은 하루하루가 빠르게 지나간다. 그동안 사제로서 평범한 외길을 걸어왔지만 다른 수많은 사람들처럼 늘 평탄한 장밋빛 길만을 걸어 온 것은 아니었다. 오르막과 내리막이 있었고 굽이굽이 도는 어지럽고 험한 길도 있었다. 각양각색의 세상 사람들이 나름대로 각자의 여정을 걸어 왔듯이 나도 사십 년을 사제로서 오늘에 이르기까지 살아왔지만 이제 새로운 매듭이랄까, 보이지 않는 새로운 모퉁이를 돌아서면 이전과 조금은 다른 양상의 길을 걷게 될 것이다."

다시 한번 유호식 아우구스티노 신부님의 회고록 발간을 축하드리며, 자비로우신 하느님 아버지의 은총과 어머니이신 성모님의 보호 아래 은혜로운 새로운 날들을 꾸미시기를 두 손 모아 기도드립니다.

신부님, 수고 많으셨습니다. 고맙습니다.

2013년 11월 모든 성인의 대축일에
천주교 대전교구장 주교 유흥식 라자로

예산 본당(예수 성심 성당)

주님을 경외함은 그분에 대한 사랑의 시작이요
믿음은 그분에 대한 의탁의 시작이다.
집회서 25:12

3000리 자전거(걷는 것과 타는 것)

광야의 모든 유혹을 40일 간 아버지 하느님의 말씀으로 뿌리친 예수님은 거칠고 무더운 사막을 걸어서 드디어 갈릴레아 호숫가에 다다랐다. 얼마나 그리웠던 물 냄새며 상쾌한 바람이었을까? 그러나 이보다 더 기다렸던 것은 당신이 앞으로 펴나갈 하느님 나라에 대한 비전으로 사람들에게 복음을 선포하는 계획이며 희망이었을 것이다.

1973년 사제 서품을 받은 나에게도 그렇게 결기에 찬 발걸음이 있었을까? 부끄럽지만 아무것도 내세울 것 없이 처음 부임한 곳에서 보좌 신부 생활을 시작했다. 본당신부님의 뜻을 거스르지 않고 특히 젊은 사람들을 만나면서 맡은 일에 충실하고자 했을 뿐이다. 그리고 아직 서슬 퍼런 독재의 현실에 저항하며 왜곡되고 삐뚤어진 세상을 바로 삽고사 아는 흥기노 의시노 보일 수 없는 형편이었다. 나난 싊은이로서 정의감을 간직한 채 주어진 일을 하였다. 그중에 중요한 것은 많은 공소에 다니며 미사와 판공성사를 주는 일이고, 공소는 아니지만 공소 비슷한 곳에 매 주일 오후에 가서 미사를 봉헌하는 일도 나에게 주어진 일이었다. 그런데 걸어 다니기는 좀 멀고 버스를 타기는 너무 가깝게 느껴지기에 자전거 한 대를 샀다. 1970년대 중반에 당시로는 최고급 3000리 신사용 자전거였다. 그동안 나는 그렇게 좋은 자전거를 타 본 적이 없었다.

예전에 내가 자전거를 배울 때는 요즘처럼 가볍고 다리 길이에 따라 안장을 마음대로 올리고 내리는 그런 자전거가 없었다. 자전거는 걷기를 대신하는 수단이라기보다 짐을 나르는 수단이었다. 요즘 자전거는 아예 짐받이 없이 달랑 혼자만 타고 달리도록 설계된 것이 많지만 그 때는 안장 뒤에 크든 작든 짐을 싣는 곳이 있어서 짐받이 없는 자전거를 본 적도 탄 적도 없었다. 짐을 싣는 곳이 얼마나 넓은지 사람 두 명도 태울 수가 있었고, 보통은 자전거를 탄 사람보다 더 높이 올라갈 정도로 많은 짐을 싣고 다녔다. 자전거는 빨리 가기 위한 교통수단보다는 그야말로 짐 운반이 주목적이었던 것 같다. 큰 막걸리 통을 대 여섯 개씩 매달고 씽씽 달리는 것이 보통이었다.

그런데 아주 예외의 다른 자전거가 있었다. 그것은 나를 신학교에 보내주신 프랑스인 본당신부님께서 타고 다니시던 눈에 쏙 들어오는 하얀 색 프랑스제 가벼운 자전거였다. 이것은 그 때까지 내가 본 유일한 하얀 색 자전거일 뿐만 아니라 내 작은 체구의 힘으로도 거뜬히 들 수 있던 유일하고 특별한 자전거였다. 더욱 고급스런 것은 자전거 중간 체대에 공기를 주입할 수 있는 작은 펌프도 달려 있었다. 그런데 나도 신부가 되어 보좌 생활을 시작한지 반년 만에 윤기 나는 고급 자전거를 구입하였으니 마치 옛날 우리 본당 신부님을 닮은 것처럼 느꼈고 재산 목록 제 1호가 되었다. 이제 비가 오지 않는다면 주일 오후에 본당에서 조금 떨어진(약 3킬로) 산성리라는 공소 비슷한 구역으로 미사를 봉헌하러 가는 것은 식은 죽 먹기로 간단한 일정이 되었다. 얼마나 고마운 자전거인가. 나는 그 자전거를 약 반 년 동안 첫 소임지인 예산 본당에서 타고 다녔다.

보좌 신부로서 맨 처음 병자성사를 주러 간 일은 너무 충격적이었다. 버스길도 없어 본당 신부님께서 내주신 차를 타고 산길을 가서 또 작은 오솔길을 걸어 들어간 움막에는 두 명의 환자가 있었다. 어머니는 아랫목에 누워 있고 아들은 윗목에 앉아 있는데 손바닥만한 빨간 혀가 입 밖으로 나와 있어 입을 다물지 못하며 침을 질질 흘리고 있는 설암 환자였다. 그 후 지금까지 아직 그런 환자를 본 적이 없을 만큼 처참한 모습이었고 아랫목에 누워있는 분도 다리 이곳저곳에 혹이 툭툭 튀어나온 흉한 모습이었다. 역시 암 환자였다. 어쩌면 그런 고통을 가족이 함께 겪도록 하느님은 내버려 두시는가? 이론적으로 도저히 설명되지 않는 일을 보면서 세상이란 참 불공평하다는 생각이 들어 무거운 마음으로 돌아왔다. 만일 내가 믿는 주님이 편안

한 죽음으로 세상을 떠났나면 이런 고농의 난발마 속에 있는 분늘에게 무어라고 위로할 수 있을까?

"엘로이 엘로이 레마 사박타니?"(마르 15,34)

그러다가 두 번째 보좌 신부로 발령을 받은 신합덕 성당에서 4개월을 살았다. 그곳에서도 자전거를 애지중지 아끼며 잘 활용했다. 당시의 신합덕에는 많은 공소가 있었다. 그곳에 부임한 것이 12월 초순으로 기억한다. 곧 바로 성탄 판공성사 기간이 되었다. 본당 신부님은 공소 판공성사를 나에게 전담하게 하셨다. 그래서 주일에도 본당에서 지내지 않고 계속 공소만을 두루 돌면서 성탄 판공성사를 주었다. 성탄과 부활 사이는 몇 달 되지 않는다. 성탄 판공이 끝나자 이번에는 부활 판공성사 때가 되었다. 이번에도 성탄판공 때처럼 역시 많은 공소를 자전거 타고 돌면서 똑같이 교우들에게 부활준비를 시켰다. 부활 대축일을 지내고 며칠 후에 나는 기다리고 바라던 보좌 신부를 벗어나는 인사 발령을 받았다.

"주님, 제게 당신의 길을 가르치소서. 제가 당신의 진실 안에 걸으오리다. 당신 이름을 경외하도록 제 마음을 모아 주소서."(시편 86, 11)

소임지로 간 지 겨우 4 개월 만에 다시 인사발령을 받아 첫 본당신부가 되어 이사 갈 때까지 자전거는 내 가장 유용한 재산 목록이었다. 그러다가 본당 신부로 발령받은 곳에 와 보니 90cc 오토바이가 있지 않은가. 오토바이는 자전거에 비해서 힘들이지 않고 언덕배기를 잘 오를 수 있고 먼 거리도 망설임 없이 나설 수 있었다. 그러나 나는 가까운 시내 거리는 익숙한 자전거를 더 애용하였다.

그러던 어느 날 자전거를 타고 시내 교우 집을 방문하였다. 높은 문턱을 넘어 대문 안까지 자전거를 끌고 가기가 귀찮아서 잠시 세워놓을 요량으로 대문 밖에 세워놓았다. 그러나 이것이 내 자전거와 영원히 이별하는 순간이 되었다. 처음에는 아는 사람이 잠깐 타고 갔다 오겠지 하고 좀 기다렸으나 그건 희망사항에 불과하였다.

내 마지막 본당에서 현재 멋있는 3000리 자전거는 아니지만 오랜만에 다시 자전기를 운동 삼아 타고 있다. 37년 만에 다시 타기 시작한 자전거가 가끔 옛 자전거를 상기시킨다. 그리고 자전거뿐만 아니라 꿈에 부풀었던 나의 젊은 시절도 떠올려준다. 더불어 자전거가 교훈까지 준다. 자전거는 두 바퀴다. 두 바퀴는 앞으로 전진하지 않으면 쓰러진다. 나이 들면서 자꾸만 안주하고 싶은 마음이 커진다. 자전거를 타면서 너무 안주하고 싶은 유혹을 떨쳐버렸으면 한다. 나이는 선택의 여지없이 먹지만 성장은 우리의 선택이란 말이 있다.(Growing old is a fact to life; growing up is optional) 지금은 옛날처럼 쌩쌩 달리지는 못하더라도 상관없다. 느린 속도로라도 끊임없이 앞으로 나아가도록 주님께 기도드린다.

"그러므로 서 있다고 생각하는 이는 넘어지지 않도록 조심하시오."(1코린 10,12)

사제생활을 처음 시작한 본당과 맨 마지막 본당에서 자전거 타는 기회를 갖게 되었다는 것도 참 묘한 인연이라 하겠다. 오늘도 유등천 변에서 한 시간 정도 자전거 타기 운동을 했다.

첫 본당, 태안 본당(성모 성탄 성당)

우리나라 지도를 호랑이 민화로 그려낸 모습이 있다. 도약을 위해 잠시 움츠린 호랑이 뒷발의 무릎에 해당하는 곳, 남한에서 보면 가장 서쪽에 있는 땅이 태안반도이다. 호랑이 지도의 형상에서 말해주듯 아주 멀리 내닫기 위해 힘을 모은 곳, 그래 여기가 내 새로운 시작이다. 하지만 태안 본당신부로 처음부터 정식 발령을 받은 것이 아니다. 처음에는 본당신부 서리로 발령을 받았다. 서리란 정식이 아니기에 한 달 혹은 몇 개월 후에 금방 다른 곳으로 옮길 수도 있다는 뜻이다. 당시에는 그런 인사발령이 흔히 있었던 것으로 그런 발령에 크게 개의하지 않았다. 그저 본당신부가 된다는 사실만으로 기쁨이 넘쳤다. 그리고 태안 본당에서 3년 3개월을 살았고 그곳이 첫 본당신부 생활을 시작하는 본당이었다. 무릇 처음이란 언제나 설렘과 불안이 나타오게 마련이나. 너불어 자유와 포부와 책임감도 함께 교차한다. 그러나 솔직히 책임감으로 어깨가 무거웠던 것보다 넘치는 포부와 자유로움을 더 많이 반겼다. 책임이란 문제가 발생하였을 때 나를 짓누르지만 보통은 내가 세운 계획을 펴나갈 수 있는 기회를 얻은 것이 아닌가?

태안 본당의 주일미사 참석자는 백여 명을 조금 상회할 정도로 많지 않았다. 그러니 거의 모든 신자들을 알게 되고 교우들은 가족 같이 친밀하였다. 그렇지만 본당에서 먼 공소에 살고 있는 분이나 공소라고도 불릴 수 없는 외딴 곳에 살고 있는 분들도 상당히 있었다. 이분들이 성당에 나오면 낯선 얼굴이기에 어디서 오셨느냐고 묻지 않을 수 없었다. 한 번은 처음 본 할머니께 여느 때와 같이 어디서 오셨냐고 물었다. 할머니 대답이 "이북에서 왔어요." 그래서 "아니 육이오 때 말고 지금 어디서 살고 계세요?"하고 다시 물었다. "예 이북에서 삽니다." "아니 이북에서 사시다니!" 그 때 옆에 계신 분이 저에게 설명을 하였다. 북쪽으로 가면 원북면이 있고 원북면 지나면 이북면이 있는데 할머니는 이북면에 사시는 분이라는 것이다. 그뿐만 아니라 거기에다 토를 붙어서 이렇게 설명하는 거였다. "월북하면 이북 갑니다." 모두 한바탕 웃지 않을 수 없었다. (지금은 지명을 이원면으로 개명을 한 것으로 안다.)

또 그 지방 사람들은 그때나 지금이나 마늘 농사를 많이 짓고 있다. 자전거는 없어졌지만 대신 오토바이가 있으니 사방팔방으로 다

넜는데 특히 원북면과 이북면에서 가끔 마늘장사로 오인을 받았다. 밭에서 마늘을 캘 때 오토바이를 타고 천천히 지나가면 사람들이 나에게 마늘 시세를 묻곤 하였던 것이다. 지금 생각하면 마늘 시세를 미리 알고 가서 마늘 농사를 짓는 이들과 대화를 하였다면 얼마나 좋았을까 하는 아쉬움이 남는다. 어렸을 때 우리 아버지께서 가끔 하신 말씀 중에 선善 미련, 후後 슬기라고 하신 말씀을 떠올린다. 그러나 지금이라도 미리 대비하는 일은 결코 늦지 않을 것이다.

누동 공소

딩시 태인 본당은 본당 신자들보다 공소 신자들이 훨씬 더 많기에 공소 사목을 소홀히 할 수 없었다. 가장 큰 공소는 안면도 하단 다락골이라고도 부르는 누동 공소였다. 그곳은 그때까지만 해도 아직 전기가 들어오지 않았다. 전기가 들어오지 않는 곳에서 저녁을 지낸다는 것은 큰 불편을 주었다. 그래서 누동 공소를 갈 때는 될 수 있는 대로 달이 밝은 보름 때를 잡으려 노력하였다. 나도 그렇지만 사람들이 공소 강당으로 오는데 조금이라도 편리하도록 하기 위해서이다.

누동 공소의 신자 수는 약 300명으로 본당교우들보다 많았고 겨울철이면 집집마다 예외 없이 해태(김) 양식을 하는 마을이었다. 해태를 일본으로 수출하게 되면서 아주 좋은 수입원이 되었다. 성탄 판공성사 때가 되어 그 마을을 방문하면 동네 입구에서부터 집집마다 햇볕에 해태를 말리느라 갯내음이 물씬 풍겼다. 겨울 바다와 살을 에는 찬바람 속에서 김을 따다 작업을 하는 과정이 손이 많이 가고 힘들었지만 수입은 좋았다. 그런데 지금은 햇볕에 말리는 청정 해태를 보기가 쉽지 않아 아쉽다. 문명의 이기가 우리에게 많은 편리함을 주고 있지만 불량 식품 이야기가 나올 때마다 옛날처럼 순수하고 소박하게 양지 바른 쪽에서 김을 말리던 모습이 더욱 정겹게 떠오른다.

나는 주로 오토바이를 타고 공소에 다녔다. 안면도 안에도 세 개의 공소가 있어 들르고 싶은 곳을 마음대로 들를 수 있어 오토바이는 참으로 편리한 교통수단이었고 친구였다. 물론 버스도 있지만 누동 공소까지는 세 시간이 걸렸고 시간도 맞추기 쉽지 않았다. 본당에서 거리가 60-70킬로미터 밖에 안 되는데 버스가 그렇게 오래 걸리는 이유는 모두 다 비포장인데다 곳곳에서 자주 정차를 하기 때문이다. 특히 중장리 면소재지에는 30분 이상을 멈추기 때문에 먼지를 흠뻑 뒤집어쓰면서도 되도록이면 오토바이를 타고 다녔다. 그러나 어쩌다 오토바이가 펑크라도 나면 가까운 곳에 자전거포가 없어서 이를 끌고 가야할지 아니면 바퀴가 망가져도 그냥 타고 가야할지 난감한 경우도 여러 번 있었다.

안면도 초입에는 창기리 공소가 있고 중간에는 도깨 공소가 있었다. 도깨 공소 교우들은 주로 황해도에서 피난 나온 사람들로 구성된 작은 공소였다. 어느 날 도깨 공소 판공일정을 잡은 날에 눈이 오고 바람이 불어서 버스를 타고 가기로 했다. 버스에서 내려서도 십리 가까이 걸어가야 하는 곳이기에 때로 눈보라를 맞으며 논길을 가야 했다. 그곳은 공소 강당이 없어 회장님 댁에서 성사를 주고 미사를 드리고 사랑방에서 자야 하는 곳이다. 저녁 미사가 끝나고 교우들이 집으로 간 후 나는 몇 번이나 연세 드신 회장님으로부터 육이오 전쟁 때 피난 나온 이야기를 듣곤 하였다. 그분은 "부인과 아들들을 내일 만나기로 하고 달랑 딸 하나만 데리고 배를 탄 것이 몇십 년 동안 생이별이 될 줄이야!"라며 눈물을 글썽거렸다. 또한 피난 나와 안 해본 장사가 없다며 고생스런 이야기를 하셨다. 이런 이야기를 듣고서 잠자리에 들면 가슴이 찡해 왔다. 그리고 그런 공소에서는 신부님이 올 때만 사용한다는 고급스런 신부전용(?) 이불을 덮고 잤다. 그러나 너무 오랫동안 사용하지 않아 모처럼 사용하는 신부전용 이불이 대개 축축한 누기로 인해 잠들기가 힘들었지만 피난길보다 호강이라 생각하였다.

해변에서의 미사

"똑딱선 기적소리 젊은 꿈을 싣고서, 갈매기 노래하는 만리포라 내 사랑—" 유명한 이런 노래 때문인지 만리포 해수욕장은 태안반도의 주변에 있는 천리포, 학암포, 몽산포, 연포, 방포 등 여러 해수욕장 중에서 제일 이름난 곳이고 여름철이 되면 많은 사람들이 찾아와 해수욕을 즐긴다. 그래서 해수욕장이 개장을 하면 나도 미사 짐을 싸들고 만리포 해수욕장으로 달려갔다. 물론 사람들이 부러워하는 90cc 오토바이를 타고 갔다. 그러나 한 여름 해수욕객들을 실어 나르는 빨간

색 식붕 머스가 일으키는 먼지른 빨간색이 아니고 희고 뽀얀 먼지로 진한 구름처럼 앞을 분간할 수 없게 오토바이를 앞지른다. 이런 차들을 수없이 먼저 보내고 미사 드릴 수 있는 곳에 도착하면 내 몰골은 먼지투성이다. 갈 때만 그런 것이 아니고 올 때 역시 마찬가지로 검은 눈썹이 흰 눈썹으로 변해진다. 그래서일까, 나이를 먹으면서 내 눈썹은 머리칼보다 너무 빨리 희게 변했다. 그래도 2년 간 여름마다 해수욕장에 가서 미사를 봉헌하였다. 다행히 사람들이 많이 오면 보람을 느끼지만 너무 적게 온다든지 미사에 오면서 해수욕을 하다가 잘 씻지도 않고 그저 수건 하나만을 걸치고 미사에 오면 헌금도 내지 않을 뿐더러 다른 사람에게 좋지 않은 표양이 될까 걱정도 되었다. 그런데 이제와 생각해보니 그 때는 더위도, 먼지도, 오토바이 펑크도 별로 두려워하지 않는 참으로 순수한 젊은 꿈을 가지고 있을 때였다. 언젠가 살레지오 회관에서 다음과 같은 글을 본 적이 있다. "젊다는 것 이것만으로도 당신은 축복입니다." 그 때에는 이 말이 눈에 거슬렸는데 이제 보니 그때 내가 축복을 듬뿍 받는 때였던 것 같다.

물지게 지기

태안 성당은 태안읍내에서 명당에 세워졌다. 4,000여 평의 넓은 언덕 위에 사방이 확 트여 있어 좋았다. 그래서 여름에도 선풍기 없이 살았던 곳이다. 게다가 나무가 많을 뿐 아니라 보리밭과 채전까지 있어 요즘으로 말하면 유기농을 자급할 수도 있는 곳이다. 단 한 가지 부족한 것이 있다면 마시는 물이었다. 상수도가 없어 우물을 파야 했는데 울(집안) 안에는 물이 나오는 곳이 없었다. 이 문제는 태안읍내 전체의 문제이기도 했다. 우리 땅이 그렇게 넓은 데도 먹을 물은 변두리 탱자나무 울타리에 있는 곳에서 길어 왔다. 그곳에 지하수 모터를 놓고 땅에는 파이프를 묻어서 집까지 연결해서 편리하게 잘 사용하였다. 그런데 어느 해 겨울 너무 추워서 파이프가 얼어버렸다. 할 수 없이 물지게를 지고 모터가 있는 곳에 가서 직접 물을 받아 지고 올 수밖에 없었다. 한참 물을 긷고 있는데 마침 친구 신부가 찾아 왔다. 반가운 나머지 그에게 누가 물지게를 더 잘 지는지 보자며 막무가내로 그에게 물지게를 메어주었다.

사실 나는 몇 년 동안 아침마다 물지게를 지고 물을 긷던 경험이 있었다. 중학생 시절 집집마다 상수도가 아직 설치되기 전에 우리 동네는 공동 수도에서 모두가 물을 길어 먹었다. 그래서 나는 학교에 가기 전에 매일 일과로 먼저 마을 공동 수도에 가서 물을 두세 번 길어왔다. 그런데 이게 얼마만인가? 오랜 만에 다시 물지게를 지니 감회가 깊었고 친구에게 물지게 지는 내 실력을 보여 줄 겸 내 수고도 덜 겸 함께 물을 길으라 했던 것이다.

물은 참으로 소중한 자원이다. 앞으로 언젠가는 석유보다 물이 더 귀할지 모르는 때가 올 것이라고 한다. 중동 지방에는 식수가 석유보다 더 비싸지 않던가. 중동의 사막 주변을 주 무대로 펼치는 성경은 유난히 물에 관한 말씀이 많이 등장한다. 요한복음에는 예수님께서

예수님이 여인에게 우물가에서 대화를 하시며 당신이야 말로 생명의
목마르지 않는 물을 주시는 분이라고 하신다.(요한 4,14) 신앙은 영
적 갈증을 해소해 주는데도 사람들은 예상치 못한 운명의 매를 얻어
맞기 전까지는 그 소중함을 잘 느끼지 못한다.

태안 본당이 자리 잡은 터가 넓은 것처럼 사제관 뜰도 제법 넓은
편이었다. 사제관은 아침저녁 군불을 때면서 온돌을 덥혔고 창고와
마당이 있어서 닭을 놓아기르기 시작했다. 봄이 되어 암탉이 병아리
를 부화했는데 겨우 다섯 마리였다. 적어도 여남은 마리는 데리고 다
녀야 보기 좋은데 너무 적어서 며칠 후에 장에 가 비슷한 크기의 병
아리 예닐곱 마리를 사다가 다른 병아리들과 섞어 어미 닭을 따라다
니게 하였다. 서로 잘 어울리면서 놀기에 보기가 좋았다. 그래서 다
음 날 아침 일찍 이 꼬맹이들이 어떻게 하고 있는지 살피러 닭이 자
고 있는 창고로 가보았다. 그런데 이게 웬 일인가? 아뿔싸! 깜짝 놀
랄 일이 벌어졌다. 큰 암탉이 새로 사다 놓은 병아리 머리를 죄다 쪼
아 죽여 놓았다. 병아리들은 머리가 빨갛게 피투성이가 되어 있었다.
아! 세상에, 이럴 수가! 그래 내 잘못이다. 동물의 본성을 제대로 파
악하지 못하고 그저 나 보기 좋아라고 한 내 잘못이다. 제 새끼들을
보호하고자 하는 본능에 충실한 닭이 무슨 잘못이 있을까마는 그래
도 너무 야속하였다.

사람도 그런 경우가 얼마나 많은가. 콩쥐와 팥쥐의 이야기를 비롯
해 의붓자식을 학대하는 사람들이라든지, 같은 민족이 아니라고 서

로 싸우면서 민족 말살 작전을 펴 나가는 사람들은 그저 동물의 수준에 머물면서 인간이기를 포기하는 것이 아닐까. 서양 사람들은 제 자식이 아니라도 남의 집 아이들을 입양하여 잘도 양육하는가 하면 한 걸음 더 나가서 장애 아이들을 일부러 입양한다고 하는데 우리는 아직 본능에만 충실한 동물인가? 사람인가?

요즘 우리 사회에 성폭력이 너무 만연되어 가고 있는 것도 성적 본능에만 따르기 때문이 아닐까. 인간의 특성 중에 하나는 본능을 뛰어넘는 초월적인 능력이다. 인간에게 초월적인 능력을 제거해 버리면 동물과 무엇이 다를까? 의식할 수 없을 정도로, 마치 공기처럼 우리를 에위싸고 있는 수많은 광고들 중에는 우리의 성적본능을 끊임없이 자극하는 것들이 얼마나 많은지 모른다. 그래서 젊은이들과 어린이들까지 너무 쉽게 나쁜 환경에 물든다. 이런 상업주의 환경을 개인이 바꾸기란 계란으로 바위 치는 것과 같다. 성관련 범죄를 줄이기가 쉽지 않지만 그래도 보다 나은 환경을 위해 종교인과 교육자 및 개인들 각고의 노력이 필요한 것이다. 이에 대한 대안으로써 우리 인간의 초월성을 강조하는 것이 필요하지 않을까? 초월성은 인간을 인간답게 만들뿐 아니라 하느님을 찾고 하느님께 향하게 하는 능력이기도 하다. 그리고 인간만이 가지고 있는 아름다운 성향 즉 약한 자에 대한 동정심 같은 것을 키워주고 사람을 존중하는 교육도 중요하다.

성경은 고아 과부 떠돌이들에게 배려를 강조하고 있다. 예수님은

가난한 사람 사회적 약사 소외 계급에 대하여 각별한 애정으로 함께
하신 분이시다. 오늘날 부익부 빈익빈과 승자 독식, 무한 경쟁을 개
선하려는 노력 없이 하느님 나라를 외쳐대는 그리스도인들은 과연
제대로 된 사람들인가?

"내가 진실로 너희에게 말한다. 너희가 내 형제들인 이 가장 작은
이들 가운데 한 사람에게 해 준 것이 바로 나에게 해 준 것이다."(마
태 25,40)

첫 사랑 태안 본당은 잊지 못할 일들이 많이 있고 그 옛날 사람들
을 만나면 언제나 반갑고 아름다운 추억의 나래를 펴게 된다.

도고 본당(사도 안드레아 성당)

주님을 찬송하여라,
좋으신 분이시다.
주님의 자애는 영원하시다.
시편 118:1

도고 온천

옛날 효심이 지극한 처녀가 눈멀고 병까지 든 아버지를 모시고 하루가 멀다 하고 고을의 의원으로 가곤 했다. 침 맞으러 가는 길은 한참이나 멀어 쉴 참으로 늘 같은 쐐기배미 논둑에 앉아 숨을 고르곤 했다. 그런데 학 한 마리가 다친 다리를 옹달샘에 담그고 앉아 있는 것이 눈에 띄었다. 이 샘에서 몇 날을 지내던 학은 씻은 듯이 상처를 고쳐가지고 하얀 날개를 시원하게 펼치더니 힘차게 멀리 날아갔다. 신기하게 여긴 처녀는 그 옹달샘의 물을 떠다가 아버지에게 마시게 하고 앞 못 보는 눈도 온 정성으로 씻어드렸다. 그러자 맹인이었던 아버지의 시력이 조금씩 회복하더니 건강까지 되찾게 되었다는 소문이 퍼져 생긴 곳이 도고의 유황온천이라 한다. 또 다른 심정선처럼 전해 내려오는 이야기이지만 도고는 아름다운 이야기가 사람의 마음을 편안하게 하는 마을이다.

그런 도고에 두 번째 소임으로 본당을 맡게 되었다. 아산군에 속하지만 예산군과 접경에 있는 도고 본당은 나에게 두 번째 본당이기도 하지만 본당에서도 내가 두 번째 신부였으니 당시에는 비교적 역사가 짧은 본당이었다. 따라서 갖추어야 할 일들이 많고 손을 보아야 할 일들이 많았다. 본당에서 정식 채용한 사무장이 없으니 주일이 아닌 평일에는 내가 직접 교무금을 받기도 하고 성당 안팎으로 잔손가는 일을 스스로 처리하지 않으면 안 되었다.

찬바람이 불어대는 겨울철 새벽 주일 미사가 끝나면 복사를 한 초등학생들이 집에 돌아가기 전에 거실에서 몸을 녹이며 텔레비전을 시청하도록 하고 나는 다음 미사를 준비하며 아침밥을 먹었다. 그런데 문제는 헌금 바구니를 아이들이 보는 텔레비전 위에 그냥 올려놓은 것이 화근이 되었다. 처음에는 몰랐지만 이상하게도 지폐가 몇 장씩 없어지는 것 같았다. 아침 일찍 성당에 와서 복사를 하는 아이들이 대견하고 귀엽고 착하게만 생각했기에 너무 믿었다. 그러나 꼬리가 길면 밟히는 법이라고 그 아이들이 성당 앞 가게에 가서 자주 군것질 거리를 사고 그중에 큰 애가 아이들을 데리고 온양까지 다녔던 것이다. 어쩔 수 없이 부모에게 알리니 아이들이 한동안 성당에 나오지 못했다. 정말 가슴 아픈 일이 아닐 수 없었다. 누구든지 영혼이 상처 나서 아프고 고달픈 사람에게 성당이 옹달샘이 되어 치유가 되어야 하거늘 잠시 상처를 입힌 것 같았다. 전적으로 아이들만 탓할 수 없는 내 잘못도 컸던 것이다. 왜 아이들이 빤히 보는 곳에 현금이 들어있는 헌금 바구니를 갖다 놓았느냐 말이다. 큰 교훈을 얻은 것이다. 견물생심見物生心이란 말도 있는데 아이들의 심리를 잘 알고 유심히 살폈다면 그런 일이 일어나지 않았을 것이다. 무릇 어린이는 사리를 분별하는 이성이 발달하기 전까지는 욕구가 시키는 대로 하는 경향이 있다는 것을 미처 깨우치지 못했던 것이다.

아이에게 윤리의식을 키워주려면 어려서부터 눈앞의 사탕을 보고도 참고 기다리게 하는 훈육을 통해서 오래 참는 아이에게 더 큰 보상이 기다리고 있다는 것을 몸으로 체득시켜야 한다. 현대의 아동심리학자들이 시종일관 주장하는 바는 어려서 어떻게 양육하느냐에 따라 성격이나 윤리의식이 커가고 나아가서 인격이 형성되어 삶을 좌우한다고 한다. 얼마가 지나서 그 아이들이 다시 성당에 나오게 되었다. 그런데 아이들이 혹시 기가 너무 죽어 있지 않을까 우려했는데 아이들은 역시 아이인지라 해맑고 천진난만하게 잘 뛰어 노는 모습에서 예수님이 왜 어린이를 가까이 하라고 하시었는지 깨달았다. 그래도 상처를 입었을 터이니 빨리 아물고 정직한 어린이로 새로 나기를 기원했다. 만약 어른이었다면 상처를 입은 사건이 너무 오래가서 인간관계가 깨어지거나 쉽게 자신의 잘못을 뉘우치지 않고 오래 지속되었을지 모른다.

사다리

비가 주룩주룩 내리는 어느 겨울 날, 성당에 들어가 보니 양쪽의 높은 천정에서부터 빗물이 줄줄 흘러내리는 것이었다. 제의방에 들어서니 여기저기 천정에서 쏟아지는 물이 아예 폭포수와 다름없었다. 지붕에서 흘러내리는 물이 작은 홈통을 통해 내려와야 하는데 가을에 떨어진 낙엽이 홈통 입구를 막아버린 데다 아직 얼음이 채 녹지 않아서 고이고 고인 물이 이내 넘쳐 마침내 성당 안쪽으로 흘러 들어왔던 것이다. 그러니까 성당 안쪽과 긴 물받이가 완전히 차단되어 있지 않고 빈 공간이 있는 구조였던 것이다. 이런 판국에 아무리 춥고 손이 시려도 어쩔 수 없이 망치와 징을 가지고 사다리를 타고 올라가 얼음을 깨고 낙엽을 치워야 했다. 물론 이런 긴박한 일을 당한다면 누구나 할 수 있는 일이지만 시간도 많이 걸리고 힘이 들어서 지금도 잊히지 않는다.

그러나 폭포수와 같이 쏟아지는 사람들의 거센 격앙들은 어떻게 해결할까, 생각해본다. 하루하루 쌓여가는 감정의 찌꺼기들을 그때그때 잘 해결하지 못한다면 폭포처럼 또는 화산처럼 폭발하여 자신과 이웃을 다치게 할 수 있다. 풀어지지 않는 작은 감정이 쌓여서 만들어진 것에는 여러 가지가 있다. 억울한 감정과 상처, 미움, 우울, 분노 이런 것들은 그 대상자들과 이야기를 하면 가장 좋다. 그러나 그게 생각만큼 그리 쉽지가 않다. 내 키를 훨씬 넘는 높은 지붕에 쌓인 낙엽을 치우려면 사다리라는 도구가 필요하듯, 감지하기 어려운 내면 깊은 곳에 쌓여서 잘 알아차리지 못한 인간의 감정을 풀려면 내려가는 사다리도 필요하다. 우리 모두는 그 사다리를 찾아야 한다. 그 사다리는 어디에 있을까? 기도의 세계는 오묘해서 내가 미처 모르는 사다리도 있고 하늘을 날아다니는 양탄자도 있고 칠흑 같은 어두운 밤도 있다. 기도에 관한 아주 유명한 인물로 6세기 시나이산의 영성가 요한 클리마쿠스는 「천국의 사다리」 라는 책을 썼는데 우리들이 쉬는 숨을 통해서 기도하는 법을 사람들에게 전해주었다. 매 순간 매 숨마다 한 계단 한 계단 지상의 삶과 하느님 나라를 통하는 사다리가 되도록 나의 발걸음을 지켜주시길 기도한다.

옹기 마을

한국 천주교 역사는 우리 조상들의 생활필수품이었던 옹기와 뗄레야 뗄 수 없는 밀접한 관계가 있다. 천주교 박해를 피해 산으로 갔던 많은 교우들이 옹기를 만들어 생계를 이어갔는데 박해가 끝난 후에도 그 후손들은 옹기 굽는 기술을 전수받아 왔기 때문이다.

도고 본당에서 사목할 때 본당 내의 한 구역에는 큰 옹기가마가 여러 개(5-6개) 있었다. 물론 지금은 거의 없어졌지만 그 때는 충청도에서 가장 많은 가마가 몰려 있어 스스로 옹기 공단이라고까지 불렀다. 옹기를 만드는 마을은 거의가 천주교인이었다. 재미있는 일은 초상이 나면 모두가 일손을 놓고 사흘 동안 연도를 바치는데 더러 신자가 아닌 마을 사람들도 교우들과 함께 연도를 바치곤 하였다.

생과 사를 정리해야 할 시점인 초상에서 상가집 사람들은 어찌 할 바 모르고 당황하게 되는데 이럴 때 누군가의 도움은 큰 힘과 위안이 된다. 한마을 사람들이 신자들과 어울려 상가에서 연도를 바치면서 헌신적으로 도와주는 교우들을 보며 자연히 비신자였던 사람들이 머지않아 신자가 되는 수가 많았다. 이래저래 옹기마을은 옹기를 굽는 사람들이나 이를 판매하는 사람들 모두가 교우들로 계속 이어졌다.

그런데 옹기 굽는 일은 추운 겨울에는 쉴 수밖에 없었다. 물과 진흙이 얼어서 일을 할 수 없기 때문이다. 힘들게 일을 하지만 결과는 많은 사람들이 가난에서 벗어나지 못했다. 여름 동안 중노동을 하고서 겨울에는 완전히 쉬기 때문에 일 할 때에 번 돈은 저축은커녕 다 써버리지 않을 수 없는 것이다. 그렇지만 박해시대부터 우리 교우들은 옹기 굽는 전통을 이어와서 김수환 추기경님께서는 자신의 아호 '옹기'를 딴 옹기 장학회를 설립하여 가난한 젊은이들이 배움을 통해 삶의 질이 변화하도록 몸소 노력하셨다. 그러면서 옹기장이들의 공로를 간접적으로 드러내시었다고 볼 수 있다.

"작품이 제작자에게 나를 왜 이렇게 만들었소? 하고 말할 수 있습니까? 또는 옹기장이가 진흙을 가지고 한 덩어리는 귀한데 쓰는 그릇으로 한 덩이는 천한 데 쓰는 그릇으로 만들 권한이 없습니까?"(로마 9, 20-21)

하느님께는 우리 인간과 달리 실패한 작품이란 없다. 그분이 만일 나를 폐작으로 만들었다면 나는 그런 분을 하느님으로 부르지도 않고 믿지도 않을 것이다. 따라서 아무리 못나거나 불구의 몸이라도 하느님 앞에서는 사랑받는 자녀요, 우리가 모르는 다른 특별한 목적으로 하느님의 영광을 위해 창조되었다. 이것이 우리 신앙인들이 자신을 보는 중요한 자존감이요, 영성의 기본이다. 그러나 이것이 저절로 생기는 것은 아니다. 그렇게 자신을 보려면 역시 신앙의 힘과 더불어 하느님의 은총이 있어야 할 것이다. 우리 자신의 모습과 처지에 대하여 불만이 들 때 떠오르는 말씀이 있다.

"우리는 하느님의 작품입니다."(에페소 2,10)

집짓기와 마음 닦기

왜 바람은 늘 일정한 방향으로 불지 않고 변화가 심한 것일까? 더구나 바람은 내가 원하지 않는 방향으로 부는 경우가 더 많다. 처음 도고 본당 부임지로 발령이 났을 때 몸은 가고 있지만 내 마음은 선뜻 내키지 않았다. 왠지 본당의 이곳저곳의 모든 게 무언지 나와 맞지 않을 것 같았다. 무엇보다도 사제관이 너무 협소해서 집을 짓지 않으면 안 되는 실정이 내다보였다. 건축도 모르는 나였기에 집 짓는 과정에서 발생하는 잡무가 사목자로서의 업무보다 많아질 것을 겁내고 있었다.

성당은 지은 지 얼마 안 되었지만 사제관은 그야말로 아주 작은 움막이었다. 그러니 침대도 들여놓을 수 없고 내 작은 몸도 누워 양손을 뻗치면 벽에 닿을 정도였다. 어느 날 서울 교구의 동창 신부가 찾

이제 비니짠인 방에서 함께 사게 되었다. 수용소에서 자는 칼잠만큼
은 아니더라도 비좁은 방에서 몸을 뒤척이다 보니 서로가 걸려서 몇
번씩이나 잠을 깼다. 그래도 나는 집짓는 데는 자신이 없어 버텨 보
고 싶은 마음이 굴뚝같았지만 당면한 문제를 언제까지나 그대로 방
치할 수가 없었다.

처음에는 이리저리 회피할 궁리를 하다가 마침내 새 사제관을 짓
기로 마음먹고 당장 토목공사부터 착수했다. 예로부터 사람의 마음
을 다스리는 데는 두 가지 좋은 방법이 있으니 하나는 농사를 지으며
마음을 삭히는 일이요, 또 하나는 집을 지으며 마음을 도야하라는 말
도 있지 않은가? 이 마음 닦는 집짓기를 통해 나는 '창조되지 않은 빛
의 세계'로 나아가는 수양을 쌓을 수 있지 않을까 기대하며 아무튼
터 닦기 토목공사부터 착수했다. 성당을 중심으로 뒤 언덕배기는 깎
아내리고 그 흙으로 앞의 낮은 곳은 메워 그 위에 집터를 마련하기로
했다. 그래서 여름 농한기에 교우들이 손수레, 소달구지, 경운기를
동원하여 곡괭이로 파 내린 흙더미를 날라 메웠다. 힘들고 귀찮은 일
이지만 일면 보람과 기쁨도 있었다. 점심에는 국수를 모두 함께 들며
친교를 나누는 뿌듯함이 있었다. 지금은 도저히 그런 일을 할 수 없
는 일이다. 곡괭이로 일주일 동안 여러 사람들이 할 수 있는 양을 굴
삭기로 단 하루면 처리하는 편리한 세상인데 더구나 단단한 석비래
흙을 인력으로 깨려면 정말 땀나는 작업이었다. 게다가 혹여 작업 중
에 부상을 당할 수도 있는데 누가 발 벗고 나서려 하겠는가? 그보다

는 인부를 써서 금전으로 해결하면 더 효율이 높고 사역자 역시 당연히 편하다. 하지만 비록 공사가 늦어도 본당의 신자들과 함께 대동정신으로 땀 흘리다보니 조금씩 터 돋기가 완성되어갔다. 그런데 이와 같이 함께 땀 흘리며 시간을 보내는 것의 가치를 요즘은 찾아 볼 수가 없어 공동체가 어렵다. 좋은 공동체는 고락을 함께 하고 시간을 같이 해야 한다. 기계화가 편리하고 효율성이 좋지만 사람의 마음이란 기계가 아니다. 요즘 사람들이 좋은 소통과 일치를 위해 스킨쉽이 중요하다고들 한다. 그런데 스킨쉽이란 꼭 살을 맞대는 것만이 아니라 선의의 마음으로 땀을 흘리며 공동 작업을 하는 것도 포함되지 않을까? 모든 본당이 보다 결속된 본딩공동체를 형성하기 위해 인간힘을 쓰고 있다. 신앙과 좋은 공동체는 밀접하게 연계되어 있기 때문이다. 그러나 자꾸만 개인주의로 치닫는 현실에서 우리가 염원하는 아름다운 공동체를 만드는 일이 쉽지 않다.

자퇴서나 써라

난 도고에서도 여전히 오토바이를 타고 다녔다. 어느 겨울 날, 눈이 온 아침 일찍 도고 온천으로(약 2km거리) 세목하러 나가면서 반들반들한 거울 같은 길에서 세 번이나 넘어졌어도 넘어질 것을 미리 예측하였기에 다치지 않았다. 그런데 어느 날 온양에 가다가 큰 사고를 당했다. 우측 골목에서 갑자기 튀어나오던 자전거를 피하지 못했다. 자전거는 나의 우측을 거의 정면으로 받았다. 자전거는 박살이나고 오토바이보다 내 몸이 더 많이 다쳤다. 넘어지면서 내 안경의 유리가 얼굴에 박히고 입 언저리는 자갈길에 사정없이 뭉개졌다. 즉시 병원에 갔지만 부러진 앞니와 으깨진 입 주변을 꿰매지 못하고 그냥 소독만 하였다. 얼굴에 박힌 유리 파편을 뽑아냈지만 어느 작은 유리 조각은 사고 후 한 달이 지나서야 빼낸 것도 있다. 세수를 할 때에 유리 조각이 박힌 근처에 손이 가면 조금 찔리는 것 같았는데 어느 날 거울을 보다가 아침 햇살에 무엇인가 약간 반짝이는 것을 자세히 보니까 작은 유리 조각이었다. 그런데 이 사고가 전화위복이 되어 담배를 끊는 계기가 되었다. 입안이 붓고 헐어 씹을 수가 없어 죽을 빨대로 마시는 데도 담배를 물고 있는 거울에 비친 내 꼬락서니가 너무나 처량한 모습이었다. 그렇지 않아도 내 방과 옷에 온통 담배 냄새가 배어 담배를 끊었으면 하던 참이라 이를 계기로 마음을 굳힌 것이다.

담배에 얽힌 이야기로 어느 뜨거운 여름 도고 온천의 모 건설 회장 집에서 전화가 왔다. 신학교 시절 은사이신 김덕재 신부님께서 당시는 서울 강남의 모 본당 신부님으로서 사목 위원들과 쉬실 겸 피서를 오셨는데 함께 자리를 하자는 것이었다. 신부님은 나의 신학교 시절에 잊을 수 없는 은사님이시다.

김신부님께서는 본래 만주의 연길 교구 소속이셨는데 전쟁 때 남하하신 분으로 내가 신학생 시절 한 때 신학교의 사감으로 계셨다. 어느 날 사감이신 김 신부님께서 강론 중에 학생들의 흡연에 대한 말

씀을 두어 번 하셨다. 요지는 담배는 꼭 정해진 곳에서만 피울 것이
며 정해진 곳이 아닌 침실이나 다른 곳에서 피우면 용서하지 않을 것
이고 담배와 성소와 맞바꿀 수 있다는 것이었다. 그 말씀을 한 후 며
칠 후 나는 겨울에 너무 춥기 때문에 우리가 시베리아라고 부르는 침
실 겸 공부방에서 담배를 피우다가 그만 발각되고 말았다. 나는 그
때의 일을 생생하게 기억하고 있다.

"도미네 지금 담배를 피우셨죠? 담배피우지 말라는 내 강론 들으
셨죠? 담배를 피우면 성소와 바꾸게 될 것이라는 말 들으셨죠?"

(도미네Domine란 '주여' 뜻으로 좀 이상한 표현인데 라틴어로 신
학생을 부를 때 그런 용어를 많이 사용하였다. 왜 그런 말을 사용하
였는지 모른다.) 그때 내 표정이 어땠을까? 난 몸 둘 곳을 몰랐다. 그
런데 왜, 왜 담배를 피웠냐고 꾸짖을 때 난 어떤 변명이나 할 말도 찾
지 못한 채 유구무언으로 서 있었다. 한참동안 호통을 치고 나신 신
부님은

"이따, 저녁기도 후 자퇴서 써 가지고 내 방으로 오시오."

하고 방을 나가셨다.

정말 청천벽력이었다. 나도 이렇게 신학교를 떠나는구나! 눈앞이
캄캄했다. 40년이 훨씬 지난 지금도 그때의 일을 생각하면 그 장면
하나 하나가 선명하게 떠오른다. 공부고 책이고 아무 것도 손에 들어
오지 않았다. 그저 멍하니 앉아 있다 저녁기도 시간이 되어 성당에
들어갔다가 어른께서 오라 하셨으니 문 앞에 가서 노크를 했다. 들어

오다는 픽소리를 듣고 방안으로 들어가니 신부님께서 손을 내미신다. 나는 그 손이 꼭 악수 할 때 내미는 손처럼 보여 무의식적으로 그냥 악수를 했다. 그랬더니

"자퇴서!"

라고 말씀하시는 것이 아닌가. 나는 다시 말문이 막힌 채 우두커니 서 있었다.

"도미네는 정말 신부가 되고 싶은 거야? 내가 그렇게 몇 번이나 말했는데 말이야. 자넨 현장범이고 상습범이야 책상에 재떨이까지 있고, 내가 담배를 피우지 말라고 한 것은 화재의 위험 때문만이 아니야. 신부 되겠다는 사람의 의지가 그렇게 박약해서야!"

신부님께서는 얼마나 길게 꾸중을 하셨는지 모른다. 꽤 긴 말씀을 하셨다. 석유파동 이전 당시에는 벼룩과 빈대를 방지하기 위해 기숙사를 석유로 청소하였으니 방에서 담배를 피울 경우 화재의 위험이 있었던 것도 부정할 수 없다. 그런데 말씀하시는 톤이 좀 누그러진 것으로 보아 거의 다 하신 것 같았다.

"신부님, 죄송합니다. 신부님 말씀이 다 옳습니다. 제가 드릴 말씀이 없습니다. 제가 잘못했습니다. 그런데 제가 담배를 피운 것에 어떤 변명도 할 수 없는 줄 압니다만 한 가지 저는 담배를 저도 모르게 습관적으로 피웠지 결코 성소와 맞바꿀 각오로 피운 것은 아닙니다. 용서해 주십시오."

나는 계속해서 일방적으로 듣고만 있다가 겨우 한 말씀을 드린 것

이다. 신부님께서는 이번이 처음이니 교수회의에 붙이지 않겠다고 하시며 용서해 주셨다. 하해와 같은 신부님의 인자하심에 마음을 쓰다듬으며 감사를 드렸다.

그 후 같은 반 동료들로부터 내가 자기들 맘에 들지 않을 때마다 "자퇴서나 써라."란 말을 해가며 나를 놀려댔다. 그럼에도 불구하고 나는 단박에 담배를 끊지 못하고 오랫동안 담배를 피웠고 신부가 되어 도고에 와서까지 여전히 담배를 계속 피웠던 것이다. 그런데 오토바이 사고가 담배를 끊는 결정적 동기가 되었다. 주님, 이렇게 의지가 약한 저를 주님께서 이끌고 보살펴 주시니 감사합니다.

"내가 자랑해야 한다면 나의 약함을 드러내는 것들을 자랑하렵니다."(2코린 11,30)

신탄진 본당(착한 목자 성당)

부드러운 유혹

고즈넉한 날 바람이 불면 처마 끝에 달린 풍경이 이리저리 흔들거린다. 바람이 거셀수록 풍경소리는 요란해진다. 그렇다고 풍경소리가 고요함을 사라지게 하지 않는다. 하느님께서 불어주는 바람의 뜻에 따라 도고 본당에서 신탄진 본당으로 옮겨졌다. 풍경은 내 마음에 있고 바람은 내 몸 밖에서 분다.

신탄진은 당시 동양에서 제일 큰 담배 공장이 있어 내 협량한 의지에 자리한 풍경을 흔들어댄다. 이로써 나의 결의는 시험대에 올랐다.

첫 주일을 맞아 상견례 겸 사목위원들과 식사를 마쳤을 때 어떤 분이 나에게 담배를 권했다.

"저 담배 안 피우는데요. 담배 끊었습니다."

"이것은 제가 만든 특별한 담배이니 한 대만 피워보시죠."

"그게 정말입니까?"

"진짜 제가 관리하는 기계에서 뽑은 것입니다."

나는 호기심이 발동하여 못 이기는 척 한 대를 받아서 그냥 피웠는데 이게 웬 꿀맛! 그 때부터 차돌 같았던 금연 결심은 여지없이 깨지고 말았다. 나약하기 짝이 없는 모습이다. 나중에 연초 제조창을 방문 견학하면서 사목위원들 중에 상당수가 그곳에서 일하는 것을 알았고 각 사람이 담배 만드는 기계를 한 대씩 관리하고 있는 것을 보았다. 전매청 직원들 덕분에 담배를 사지 않아도 내 책상 위에는 언제나 담배가 떨어지지 않았다. 일 년 이상 지켜 온 금연이 하루아침에 보기 좋게 무너졌다.

그러나 마음 한 구석에서는 내가 그토록 나약한 사람이었나, 이러면 안 되는데 하는 자책이 일고 있었다. 친절과 호의로 시작되는, 아주 작고 부드러운 유혹이 굳게 결심한 의지를 여지없이 흔들어 깨치는 걸 스스로 경험한 것은 좋은 교훈이 되었다. 인간이 허물어지는 출발은 아주 작은 것으로부터 시작하여 점차 커져서 결국 스스로를 망가뜨리게 된다. 특히 담배, 술, 마약, 도박은 엄청난 패악을 낳는다. 중독은 꼭 나쁜 데에만 있는 것은 아니다. 모든 면에서 작용할 수 있다. 그러나 문제는 나쁜 중독이다. 인간은 늘 같은 수준의 현상을 유지하려는 성질이 있는데 이를 항상성이라 한다. 담배도 사람의 체내에 일정한 농도의 니코틴을 유지하려는 항상성 때문에 끊기 힘들어진다. 그러나 하느님께서 인간에게 심어주시어 사람답게 살게 하는 것 중에는 깊은 고요와 평화라는 항상성도 있다.

흡연의 유혹 속에 일 년 이상을 오락가락하며 보내는 사이 사순절이 다가오고 있었다. 그리고 재의 수요일을 맞이하여 다시 금연하기로 굳게 마음을 먹었다. 그 날 이후 한 번도 담배를 피우지 않은 것은 아니다. 어쩌다가 친구의 권유를 받았을 때나 미국에 처음 갔을 때 양담배에 대한 호기심 발동으로 한두 번 피웠던 적이 있지만 이제는 담배 냄새 자체가 싫어졌다. 거의 30년 가까이 된 이야기이다.

신탄진 읍내에는 다른 공장들이 많았지만 특히 전매청 연초 제조창이나 정비창에 근무하는 사원들이 많아 마을 이름도 담배 이름을 따서 거북 마을, 청자 마을, 태양 마을 등으로 부를 정도였다. 담배를 선전하는 효과도 함께 곁들이기 위한 것이 아니었나 싶다. 그러나 이제는 어떻게 하면 담배와 흡연을 억제 할 것인가에 더 신경을 써야 할 시기가 도래했다. 어떻게 해서든지 담배 광고를 못하도록 법적인 조치를 취하고 흡연자를 줄여 가는데 온 힘을 기울일 때다. 흡연 연령이 갈수록 아래로 내려가는 것은 흡연이 멋있어 보이도록 하는 광고가 효과를 낸 것이라고 본다. 젊은이들에게 건강보다 어떻게 하면 멋있게 보일 수 있느냐 하는 것이 더 관건이라면 담배를 물고 있는 모습이 가장 추한 모습으로 보이도록 우리나라에서 역 광고를 낼 수는 없을까? 흡연으로 파생되는 질병이 한두 가지가 아니지만 흡연 자체도 질병이라 부르고 있는 시대에 정부와 개인이 모두 흡연퇴치에 힘을 모아야 할 것이다. 캐나다에서 사목을 하고 있을 때 담배 값을 한 번에 100%에 인상하는 것을 보았는데 정부의 변은 그래도 폐암 치료에 들어가는 재정이 담배에 부과하는 세금보다 훨씬 더 많이 든다는 것이었다. 담배는 더 이상 기호품에 속하는 것이 아니다.

"그러니 여러분은 열성을 다하여 믿음에 덕을 더하고 덕에 앎을 더하며, 앎에 절제를, 절제에 인내를, 인내에 신심을, 신심에 형제애를 형제애에 사랑을 더하십시오."(2베드 1,5-7)

부자는 풀꽃처럼 쓰러질 것이다

신탄진은 크고 작은 많은 공장들이 산재해 있는 산업도시이다. 지금은 그 때보다 더 많은 제 3공단까지 개발 확대되었지만 당시에도 소규모 공장 건설이 꾸준히 이어지고 근로자들이 많이 살고 있었다. 따라서 사목 방향도 달라질 수밖에 없었다. 신탄진 본당에 오기 전에는 농촌 본당에서만 있었기에 농번기인 모내기철이 되면 일 년에 적어도 2-3일은 교우들 농가에 가서 못자리에서 모를 찌거나 모를 심고 꿀맛 같은 밥을 얻어먹는 쏠쏠한 풍미가 있었다. 그러면 가을에 쌀 두어 말을 선물로 받는 기쁨까지 누리기도 하였다. 70-80년대 초까지만 해도 농촌에 모심는 이양기나 콤바인이 아직 보급되지 않았기에 농번기에는 학생들까지 동원하면서 일손을 도왔던 것이다. 그런

네 신반신에는 교우 중에 농가들도 많지 않고 농기계도 조금씩 보급되어 갔기 때문에 품앗이(대동정신)로 서로 일손을 돕는 일은 하기 힘들었다. 하지만 노동자들과 함께 하는 가톨릭 노동 장년회(Catholic Workers' Movement)가 있었는데 이는 가톨릭 노동 청년회(JOC)가 주로 미혼 남녀 청년들의 모임인데 비해 가톨릭 노동 장년회(CWM)는 결혼한 사람들의 모임이었다. 그래서 모임을 가질 때는 늘 부부가 함께 모였고 가톨릭 신자로서 가정과 노동자 신분을 일터에서 어떻게 잘 조화시키고 복음화 시킬 것인지에 대해 토의를 하였다. JOC의 후속 노동자 단체이기 때문에 여러 면에서 JOC와 비슷한 점이 많다. 나는 이들의 모임을 지도하면서 보람을 느꼈고 또 이 조직이 범 교구적이고 국제적인 조직이기 때문에 가끔 서울에 올라가서 지도신부들끼리 서로의 정보를 나누었다. 그리고 우리 노동자들도 일본에 초청을 받아 견학과 토의를 하는가 하면 일본에서 우리를 방문하기도 하였다.

생각해 보면 우리 노동자들은 우리나라의 경제를 일으킨 장본이면서도 올바른 인정과 정당한 대접을 받기는커녕 노동운동이 산업화 과정에서 많은 탄압과 수난을 받아왔다. 지금도 개선해야 할 일이 산적해 있지만 60-70년대에는 더 말할 나위도 없었다. 노동자들은 한낱 기계의 부속처럼 비인간적인 부당한 취급을 받으며 열악한 환경과 생계를 유지하기도 힘겨운 적은 보수에 시달리며 지냈다. 이것은 우리나라에만 국한된 일이 아니고 산업혁명(영국)이 일어난 서구에

서도 초기에 노동자들이 비인간적인 처우 속에서 생활하였기에 교회
는 일찍부터 노동의 신성함과 노동자 처우개선에 대한 문제를 표명
하였다. 이것이 교황 레오 13세께서 1891년에 반포한 최초의 사회교
리 회칙인 '새로운 사태(Rerum Novarum)' 이다. 그 이후로도 많은
사회 회칙을 발표함으로써 노동문제와 노동자처우개선에 실제로 큰
도움을 주었다.

한국 교회도 이 분야에 관심을 갖고 다른 어느 기관이나 단체 못지
않게 노동운동을 벌이고 후원하여 왔다. 인간의 존엄과 인간다운 삶
이것이 복음의 중요한 내용이기 때문이다. 그러나 복음과 교회의 가
르침을 오해한 나머지 교회와 노동운동을 좌파로 몰아가거나 얼토당
토 아니한 공산주의 세력 일부로 매도하여 싸잡아 탄압을 해 왔다.
하지만 교회는 언제나 사회적 약자 편에 서야 하고 또 이들이 연대하
도록 돕는 일을 미루거나 포기할 수 없다. 그리고 그 구체적인 열매
중 하나가 바로 노동조합이다. 노동자들은 막강한 자본가 앞에서 개
별적으로 너무 힘이 없어 정당한 권리를 주장하지 못한다. 그래서 교
회는 노동조합 후원에 큰 힘을 실어주고 있다. 가령 내가 사목하던
미국의 교구는 본당에서 어떤 건축을 계획하고 건설회사와 계약을
맺으려면 꼭 노조가 있는 건축회사와 계약을 맺도록 하는 교구 지침
이 있었다. 참 의미 있는 지침이라고 본다. 그런데 우리 사회는 공사
를 하는데 있어 사람이 중심이 아니라 무조건 적게 드는 돈이 기준이
되고 속히 서두르다보니 산재가 많이 발생할 수밖에 없다.

그 외에도 어느 기업은 교묘하게 노조를 결성하지 못하도록 유도
하고 노조에 가입하게 되면 불이익을 주면서 그것이 경영을 잘 하는
것으로 인식되고 있으니 어처구니가 없다. 이 역시 노동자의 권리를
박탈하는 것이고 인간이 노동의 주체가 되지 않고 있는 실정이다. 특
히 다국적 기업은 오직 기업 이익의 극대화를 위해 인간뿐만이 아니
라 나라까지도 이용가치에 따라 횡포를 부린다. 교회는 자본이 아니
라 인간이 우선인 사회를 만들어가는 데에 늘 선도적 역할을 해오고
있다.

교회는 먼저 인간이 중심이고 또 현세의 인간만이 아니라 인간 전
체의 구원에까지 관심을 갖고 있으면서 우선 가난한 사람, 소외받는
사람, 힘없는 약자 편에 서야하는 것이다. 이렇게 볼 때 우리나라의
비정규직은 노조 설립과 인간적 대접은 고사하고 하루하루 일을 할
수 있는 것만으로도 감지덕지 하는 사람들이기에 교회가 이런 분들
에게 큰 관심을 갖지 않을 수 없다. 너무 불공평한 이런 처지는 마치
옛날 반상제도 아래서 가난과 천대를 운명으로 받아들이는 것처럼
현대의 천민 계급으로 전락된 상태이다. 그래서 이는 교회뿐만이 아
니라 온 사회가 발 벗고 나서서 개선해야 할 중요한 과제 중 하나가
아닐 수 없다. 혹자는 말하기를 가난은 나라님도 막지 못한다는 옛말
을 내세울지 모르나 오늘날 국가는 옛날에 비해 엄청난 통치권과 금
권까지 가지고 있어 정책을 어떻게 세우느냐에 따라 가난한 사람들
을 위한 복지를 얼마든지 개선할 수 있는 힘이 있다. 요는 국가가 부

의 분배를 개선시키려는 적극적인 의지와 노력이 절대적으로 필요하다는 것이고 이것이 없다면 결코 진정한 민주국가라고 보기 어려울 것이다. 그래서 여야가 경제 민주화를 내세운 것이 아닌가?

"비천한 형제는 자기가 고귀해졌음을 자랑하고, 부자는 자기가 비천해졌음을 자랑하십시오. 부자는 풀꽃처럼 스러질 것이기 때문입니다."(야고보 1,9-10)

"보십시오. 그대들(부자)의 밭에서 곡식을 벤 일꾼들에게 주지 않고 가로챈 품삯이 소리를 지르고 있습니다. 곡식을 거두어들인 일꾼들의 아우성이 만군의 주님 귀에 들어갔습니다."(야고 5, 4-5)

고통은 깨달음의 어머니

40대에 들어선 한참 나이에 어느 날 배가 몹시 아팠다. 그냥 아픈 정도가 아니라 온 몸과 이마에 땀이 흥건히 날 정도로 참을 수 없이 아파 나뒹굴었다. 다행히 본당 회장님이 의원이시라 급히 전갈을 받고 오셔서 진통제 주사를 놓으며 배를 만지고 아픈 증세가 어떠한지를 물었다. 그런데 이것이 처음이 아니었다. 똑같은 증세로 그렇게 두 번째 큰 통증을 호소하자 본당 회장님은 아무래도 신석증(腎石症 : 콩팥에 돌이 생기는 것) 같다고 했다. 신석증은 산고를 겪는 것만큼 아프다면서 다음에는 성모병원에 가서 꼭 확실한 진찰을 받고 그동안 물이나 수박을 많이 먹고 운동을 하도록 권고 하셨다. 그 후 나는

새벽 미사가 없는 날이면 매일아침 일찍 가까운 야산으로 빨리 걷기
운동을 했다. 그리고 의식적으로 물을 많이 마시며 지냈다. 그 덕분
인지 여태까지 다시는 그런 증세가 없었다. 돌이켜보니 그동안 정말
운동다운 운동을 모르고 살았던 것이다. 젊은 사람들은 운동의 필요
성을 느끼지 못하는 것이 비단 나뿐만이 아니겠지만 이런 아픔을 통
해서 우리에게 무엇이 필요한지를 배우고 깨닫게 한다. 이를 계기로
산행을 하는 습관이 생겼다. 처음에는 걷는 것이나 산에 오르는 것을
별로 즐기지 않았다. 오직 그런 통증에서 벗어나려는 일념으로 어쩔
수 없이 시작한 것이다. 그러나 매일 매일 운동을 하면서 시간이 지
나도 아프지 않고 밥맛도 좋아지는 것을 느끼면서 운동의 효과를 체
험했다.

필요가 발명의 어머니이듯 고통은 깨달음의 어머니가 되는 것 같
다. 고통이나 아픔이란 무조건 나쁘거나 부정적이지 않을 뿐만 아니
라 더 큰 고통을 미리 막아주고 더 큰 불행을 막아주어 생명을 구하
게 한다. 우리는 삶에서 고통을 피할 수는 없다. 문제는 태도이다. 마
지못해서 원망과 분노로 고통을 당하는 것이 아니라 희망을 가지고
잘 견뎌내도록 기도하면서 성숙해지는 단계로 받아들여야 할 것이
다. 우리의 구원은 실로 주님께서 지신 십자가의 고통과 죽음에서 비
롯된 것이 아닌가.

"해산할 때에 여자는 근심에 싸인다. 진통의 시간이 왔기 때문이
다. 그러나 아이를 낳으면, 사람 하나가 이 세상에 태어났다는 기쁨

으로 그 고통을 잊어버린다."(요한 16, 21)

소통의 중심, 교회

도고 본당에서는 사제관을 짓고 신탄진 본당에서는 새 성당 신축을 시작했다. 성당과 유아원이 한 건물에 붙어있었는데 성당이 비좁으니까 성당 뒤에다 유아원을 길게 잇대어 짓고 칸막이를 해 놓은 것이다. 평일에는 본래의 앞쪽 성당만으로도 미사에 오는 사람들을 충분히 수용할 수 있지만 주일이 되면 어림도 없었다. 그래서 주일이면 제단 뒤쪽 칸막이 문을 열어 유아원까지 성당으로 사용하였다. 다시 말해서 제단을 중심으로 앞, 뒤에서 신자들이 미사에 참여하였다. 그러니까 제단을 중심으로 앞쪽 사람들은 제2차 바티칸 공의회 이후 방법으로 뒤쪽은 공의회 이전 식으로 사제의 뒷모습을 보며 미사를 드렸다. 제단 앞쪽 교우들은 장궤틀이 있어 신식이지만 뒤쪽 교우들은 그냥 마룻바닥에서 옛날처럼 앉았다 일어났다 하는 불편도 있었다. 공의회 이전과 이후를 한 성당에서 언제까지나 계속할 수가 없어서 드디어 새 성전을 짓기로 결단을 내리고 성당과 사제관을 허물었다. 어쩔 수 없이 나는 연탄을 사용하는 주공 아파트로 이사를 했는데 그 후에 다른 본당에서도 아파트에서 5년 이상을 살았고 미국에서도 일 년간 아파트 생활을 하였으니 아파트 적응 훈련기를 지낸 셈이다. 그리고 이제 은퇴를 앞두고 있는데 아마 또다시 아파트로 돌아갈 것 같다.

여기서 잠시 제2차 바티칸 공의회 이전과 이후를 생각해 보면 얼마나 많이 변화 했는지 가늠하기 쉽지 않다. 트리엔트 공의회 이후 나온 교리문답은 명확한 설명으로 되어 있어 별 생각 없이 그저 암기만하면 되는 교리 공부였다. 이와 더불어 가장 눈에 띄는 변화는 전례일 것이다. 지금은 사제와 교우들이 마주 보면서 우리말로 미사를 봉헌하는 것이 당연하지만 공의회 이전엔 모두가 한쪽 방향을 바라보면서 라틴어로 미사를 봉헌했다. 공의회 이전에는 주님을 앞에 모시고 미사를 봉헌하였다면 지금은 주님을 우리 가운데 모시고 미사를 봉헌한다고 할까. 서로 마주 한다는 것은 공동체의 소통을 의미하고 더구나 같은 말을 사용하는 것은 소통의 조건을 갖추었다는 뜻일 게다. 소통을 거부하는 공동체는 진정한 의미의 공동체가 되기 어려울 것이다. 교회는 소통의 중심에 있어야 한다. 하느님과 소통하고, 이웃과 소통하고, 좌와 우를 소통시키고, 온 인류의 소통을 돕는 것이 교회가 해야 할 중요한 임무로 받아들여야 할 것이다.

"이 모든 것은 그리스도를 통하여 우리를 당신과 화해하게 하시고 또 우리에게 화해의 직분을 맡기신 하느님에게서 옵니다."(2코린 5,18)

잊지 못할 여름캠프

어느 해 여름인지 정확한 해는 생각나지 않지만 날짜는 지금도 기억을 한다. 본당의 중·고등학생들을 데리고 신앙캠프를 떠났다. 마침 본당이 운영하는 유아원에서 35인용 버스를 새로 구입한지 얼마 되지 않았고 사무장은 대형 버스 면허까지 소지하고 있어 모든 것이 안성맞춤이었다. 일정으로는 배론 성지에 가서 일박을 하고 다음은 배티 성지에 가서 또 일박을 하면서 학생들 스스로 밥을 지어 식사하기로 하고 다양한 프로그램을 준비하여 기대에 부풀어 목적지로 떠났다. 모든 것을 순조롭게 시작한 첫 날은 8월 1일이었다. 우리가 준비한 계획대로 모든 것이 잘 진행되었다. 날씨는 매우 더웠지만 맑고 좋아서 계획에 차질을 주지 않았다. 8월 초인데 산속에서 야영을 할 때는 텐트 안이 오히려 한기가 느껴질 정도였다.

다음날 우리는 점심을 해 먹은 후 다음 목적지인 배티 성지로 향했다. 배티성지까지의 거리가 약 20킬로미터 정도 남았을 무렵이었다. 우리는 어떤 농부가 손을 들어 태워달라고 하는 것을 그냥 못 본체할 수 없어 그분을 태워드렸고 앉을 자리가 없어 그 분만 서 있었다. 그 때 우리 버스가 비포장인 신작로 우측으로 너무 치우친 것 같아 나는 사무장에게 조금 더 가운데로 갔으면 좋겠다고 하였다. 그렇게 말 한지 2-3분이나 되었을까? 갑자기 버스가 우측으로 기울기 시작하더니 그만 논으로 들어가 옆으로 눕고 말았다. 지반이 약한 비포장 시골길이어서 우측 바퀴가 그냥 땅속으로 들어가면서 넘어지고 만 것이다. 버스가 옆으로 누워 있는 곳은 논이고 논에는 물이 있고 벼가 한참 자라고 있어 다행히 충격을 완화할 수 있었다. 나는 학생들에게 너무 당황하지 않도록 조치를 취했지만 정작 당황한 것은 바로 나 자신이었다. 내가 카메라를 갖고 있었지만 이런 특수한 모습의 기록과 추억이 될 만한 장면을 단 한 컷도 필름에 담아 놓지 못했기 때문이다. 모든 것이 수습된 뒤에야 학생들이 창문으로 기어 나오는 장면이나 전체적인 수습 상황들을 사진으로 찍어 놓았으면 하는 아주 희귀한 자료가 되었을 텐데 하는 생각이 들었다. 기록이란 것도 평소의 습관이 중요한 것 같다.

아무튼 모두가 놀라기는 했지만 무사히 창문을 열고 버스 위로 기어 나올 수 있었다. 신기한 것은 학생들은 아무도 다치지 않았는데 우리가 태워 준 그 동네 사람만이 의자에 앉지 못해 약간 부딪힌 정도였다. 그리고 맨 뒷좌석에서 안전벨트를 매고 앉아 있던 중학생이 안전벨트에 대롱대롱 매달려 있다가 역시 창문으로 무사히 빠져나왔다. 다른 학생들은 안전벨트를 거의 매지 않았다. 말 잘 들은 그 학생이 신학교에 들어가 신부가 된 지 벌써 15년이 넘었다.

사고가 난 시간은 대략 오후 4시쯤 이었는데 그날 학생들이 저녁을 먹은 것은 밤 11시경이었다. 그동안 버스를 논바닥에서 끌어내기 위해서 지나가는 차에 도움을 청하랴, 논 주인과 변상에 대한 타협을 하랴, 경찰관을 만나서 경위를 설명하랴 많은 시간이 걸렸다. 결국 진천 시내에 연락을 해서 차를 불러 버스를 논에서 끌어 낼 수 있었고, 갖고 간 비상금을 다 털어서 논 주인과 협상을 했다. 다행히 사고 지점과 가까운 거리에 진천 본당의 공소가 있었기에 그 공소에 머물고 계신 수녀님 덕분에 그날 저녁 공소 앞마당에서 밤 11시에 저녁을 해먹고 강당에서 학생들을 재울 수가 있었다.

다음날도 학생들은 기름 냄새가 진동하는 쌀로 밥을 해 먹으면서도 아무도 다치지 않았으니 예정대로 진행하기를 원했으나 나는 학생들을 데리고 예정보다 일찍 본당으로 돌아왔다. 이것도 신탄진에서 겪은 사고 중에서 가장 잊지 못할 일 중에 하나이다. 주님께 감사한다.

"주님께 노래하여라. 새로운 노래를. 그분께서 기적들을 일으키셨다. 그분의 오른손이, 그분의 거룩한 팔이."(시편 98, 1)

신탄진 본당에서 몇 년째인지 잘 기억이 나지 않지만 하루는 난데없이 한 미군 장교가 찾아왔다. 웬일이냐고 물었더니 자기는 장동에 있는 미군 부대에 근무하는 장교인데 미사 드려 줄 사제가 필요해서 교구청에 신청을 했더니 신탄진 성당이 가까우니 거기에서 부탁을 해보라 해서 왔다는 것이다. 나는 미사를 드려줄 용의는 있으나 교통편이 없다고 했다. 그러자 자기들이 매 주일 오후에 나를 데리러 올 수 있다고 해서 응낙을 하였다. 그리고 주일 오후가 되면 사병이 지프차를 끌고 나를 태우러 오곤 하였다. 그런데 어느 날인가 지프차가 아니라 큰 트럭을 몰고 왔다. 나 하나 픽업하는데 웬 큰 트럭이냐고 물었더니 오늘은 부대의 작은 차들이 다 출동을 해서 큰 차를 끌고 왔다는 것이다. 그래서 다음에는 트럭까지 출동 나가면 큰 탱크를 끌고 오겠냐고 했더니 한바탕 웃었다. 미군 부대 미사는 사실 신탄진에

며 지냈던 것은 아니었다. 첫 본당인 태안에서도 이미 근처에
있는 미군 부대로 주일 오후에 다닌 적이 있었다. 전임 신부님께서
하던 일을 계속하는 것이었지만 너무나 열악한 본당 재정에 얼마간
도움이 되기도 했다. 그러나 미군 부대 축소 정책으로 신탄진에서처
럼 오래 지속되지는 않았고 워낙 미사에 나오는 수가 적어서 지속하
기도 어려웠다.

앞서 언급한 대로 나는 신탄진 본당에서 성당 신축을 시작하였다.
그러면서 도고 본당에서처럼 건축이 얼마나 세심해야하고 하나하나
신경을 써야 하는 일인지 좀 배우게 되었다. 그 때 성당 신축에 큰 도
움을 주신 분으로 대우 건설에 근무하는 한 이사님이란 분이 계셨다.
이 분은 신탄진 철도청 건물 신축 소장으로 내려온 분인데 가족들은
모두 서울 논현동 본당에 적을 두고 있으면서 홀로 교적을 신탄진 본
당에 옮겨놓고 본당 사목회 상임위원의 총무를 맡고 계셨다.

요즘은 교우들이 자기가 살고 있는 본당으로 교적을 옮기지 않고
도 수년씩 본당을 떠나 살고 있는 경우가 얼마나 많은지 모른다. 대
부분 냉담 상태에 머물러 있기 때문이고 또 이 때문에 냉담으로 들어
서는 계기가 되기도 한다. 교회 문서가 전산화 된 현재는 주민등록처
럼 교적을 제때에 옮기는 것이 조금도 어렵지 않다. 복음화를 위해서
는 교적을 실제로 거주하는 곳에 두고 신앙생활을 함으로써 냉담기
회를 막고 냉담 교우들을 줄이도록 적극적으로 홍보할 필요성이 있
다.

　나는 그 교우로부터 건축에 대한 기본적인 상식을 배우게 되었고 건축을 보는 눈을 달리 갖게 되었다. 감사를 드리지 않을 수 없다. 그러나 신탄진에서 성당 건축의 지하실과 골조만을 세워놓고 임기가 차서 본당을 떠나 멀리 외국으로 가게 되었다.

미국의 뉴저지New Jersey

강이 깊으면 소리도 깊은 법

시냇물 소리는 졸졸졸 평안하게 귓가에 속삭이지만 거대한 강이 흐르는 소리는 아예 들리지 않는다. 흐름이 깊으면 너무 울림이 커서 그걸 받아들일 수 있는 넓은 마음이 아니면 전달되지 않는 것일까? 지금 바라보고 있는 저것은 바다인가 강인가? 시원한 바람이 불어오는 넓은 허드슨 강을 바라보며 내 마음의 폭은 어느 영역까지 들을 수 있는지 스스로에게 물었다. 이 광경을 한참이나 바라보면서 시간을 거슬러 관음觀音으로 들어본다. 어머니 같은 대지에서 온전히 자유롭게 살았던 아메리카 원주민은 오간데 없고 커다란 화물선만 오가고 있다. 땅이란 원래 사람이 주인이 아니고 하느님이 주신 터전이다. 그리고 우리는 생명이 있는 동안 지상의 나그네로 잠시 머물다

갈 뿐이다.

나는 한국 땅에서 13년 반 동안 본당사목을 하고 단지 말로만 들어왔던 미국에 오게 되었다. 본당이라는 틀에서 벗어나는 미국행은 시작부터 그리 수월하지 않았다. 정해진 날짜 안에 입국해야 하는 비자를 받고 서둘러 미국으로 향했다. 내 딴에는 미국 본토에 가는 길에 하와이 호놀룰루Honolulu에서 지인도 만나고 구경도 할 겸 호놀룰루에 기착하여 입국 통과를 하는데 입국 심사에서 나에게 초청장을 보자고 하였다. 아무 거리낌 없이 보여주겠다면서 자신 있게 가방을 뒤졌는데 서류가 보이지 않았다. 다른 가방에 집어넣었나 싶어 샅샅이 다 뒤졌지만 나오지 않자 당황하여 어쩔 줄 몰랐다. 중요한 서류라 잘 챙긴다는 것이 너무 깊이 두었는지 생각이 나지 않았다. 그만 잃어버린 것 같았다. 입국 문제로 꽤 긴 시간이 지난 뒤에 다른 한국인 직원의 도움을 받아 여권에 입국 도장을 받았으나 '6개월 이상 체류 불가'라는 도장까지 받으니 씁쓸한 마음으로 돌아서지 않을 수 없었다.

잠시 머물게 된 하와이 군도 중에 사람이 가장 많이 사는 오하우 섬은 한국의 산세와 달리 몹시 가파른 산이 많아 자연 경관이 아름다웠다. 오하우 섬의 여기저기를 둘러보며 며칠 쉰 뒤에 뉴욕의 케네디 공항에 도착한 것은 이른 새벽이었다. 난생 처음 오는 미국인지라 미리 전화를 해서 나를 데리러 나오기로 약속하였지만 아무리 기다려도 사람이 나타나지 않았다. 한여름 해는 벌써 중천에 떠 있건만 내가 짓는 사람은 나타나지 않았다. 이제 어찌해야하나, 미국이라는 곳이 또다시 나를 환영하지 않는 모양이다. 국제 미아가 되지 않기 위해 가지고 온 전화번호로 전화를 걸었다. 주머니에 동전이 없어 옆에 있는 미국 사람에게 동전을 바꾸어 달라고 지폐를 주었다. 그랬더니 어디에 전화를 걸려고 하느냐 묻기에 뉴저지 이스트 오렌지East Orange라고 하니까 못 알아들어 몇 차례 다시 말했더니 "아하~ 오~~ 랜지" 하며 앞에 강세를 붙이지 않는가. 어쨌거나 빨리 통화를 해서 나를 픽업하도록 하는 것이 중요한 일이다. 큰 가방을 두 개씩 끌고 화장실 다니는 것도 불안하고 힘든 일인데 앞으로 또 얼마나 힘들고 번거로운 일이 기다리고 있을까, 여기서 시급한 사안은 우선 통화를 하는 것이다. 결국 몇 번의 실패 끝에 겨우 통화를 했다. 수신자 부담 (Collect call) 전화가 있다는 것을 그때까지 전혀 몰랐다. 모르면 고생이 더 크다.

공항 도착 후 예측할 수 없는 시각을 초조하게 기다리며 또 다시 나를 반기지 않는 미국이란 생각만 들었다. 대여섯 시간이 지나서야 드디어 사람이 나타났고 나는 안도의 숨을 쉬며 구원의 알렐루야를 속으로 불렀다. 늦게나마 나를 마중하러(Pickup) 온 사람은 이스트 오렌지 본당 신부님의 심부름을 받고 먼 길을 달려 온 분이다. 일각이 여삼추로 애를 태우며 기다린 고생을 숨길 수 없어 사제관에 도착하자마자 본당 신부님에게 왜 나를 데리러 나오지 않았느냐고 무언가 속풀이가 될 만한 말을 기대하며 물어보지 않을 수 없었다. 그러나 대답은 너무도 간단하고 싱겁게 주교님과 골프를 치느라 그만 깜빡했다는 것이다. 불안과 초조감으로 고생한 까닭인지 기가 막히게 들렸다. 기氣란 바람이 통하는 것으로 숨결이 통한다는 이야기인데 살아오는 동안 나도 모르게 혹은 내 부주의로 인해 다른 사람의 기가 막히게 한 일을 없었을까? 하느님의 숨결인 성령은 우리에게 생명의 힘을 통하게 하시는 분이다. 난 그래도 국제 미아가 되지 않고 결국 잘 도착하여 깊은 숨을 쉴 수 있게 되었으니 주님은 찬미 받으소서. 감사합니다.

해는 져서 어두운데

도착한 동네는 전성기가 약간 지난 느낌이 물씬 풍겼다. 이제 물설고 낯선 곳에서의 생활이 시작되었다. 하늘은 맑고 햇볕이 따가운 칠팔월 삼층 옥탑 방에서 한여름 더위를 먹어가며 시간을 보냈다. 아는 곳도 아는 사람도 없이 새로 시작하는 구월 학기를 기다리며 가끔 저절로 나오는 '해는 져서 어두운데 찾아오는 사람 없어 밝은 달만 쳐다보니 외롭기 한이 없다. 내 동무 어디 두고……'란 옛 노래로 향수를 달랬다. 그때는 몰랐으나 이 노래를 작사 작곡한 현제명 선생님께서도 미국 유학시절에 너무 외로운 나머지 이 노래의 초고를 지었다는 것을 나중에 알게 되었다.

고향을 떠나 낯선 땅으로 가라는 부르심을 받은 아브라함은 어땠을까? 하느님이 뿌려주신 별들로 사막의 밤하늘은 아름답지만 믿음 하나도 버티기엔 저한 상황이 만만치 않았을 터이나. 별도 없는 밤, 살기 위해 아내를 누이라고 거짓말까지 해가며 생존해야 하는 곡절을 겪었으니 얼마나 불안하였을까. 안정된 고향을 떠나 지내는 시절에 아브라함은 무슨 노래를 부르며 견디었을까, 상상해보니 상당히 현실적이었을 것이라는 생각이 든다. 야훼 하느님의 약속이 현실이 되고 모든 것을 이루시는 역사가 되려면 신실한 기도와 함께 기다림이란 덕목이 필요하였으리라. 그간 한국에서는 본당신부로서 너무나 후한 대접을 받으며 지냈으니 이역만리 낯선 곳에서는 주님께서 마련한 외로움이란 선물을 안고 기다리는 훈련이 필요했던가 보다. 그리고 이 기다림의 시간은 지금까지 내게 부족한 것이 무엇인지 발견하는 계기가 되어 무의미하지 않았다.

그동안 어려서 소신학교에 들어가 생활하다 보니 음악이란 성가나 품위 있는 클래식을 주로 배우고 부르며 살아왔고 일반 사람들이 즐기는 대중가요와는 다소간의 거리가 없지 않았다. 그런데 미국에 와서 당시 교민들의 애창곡인 '사랑의 미로'를 익히며 시간을 달래게 되었다. 일부러 가요를 배운 것은 이때가 처음이었다. 유행가는 마음먹고 배우지 않아도 저절로 알게 되는 것이라 여겼는데 영어를 배우러 미국에 와서 그것도 우리 가요를 마음먹고 배우다니 정말 아이러니하다.

드디어 기다리고 기다리던 구월 학기가 나에게 다가왔다. 선임자의 조언을 받아 그리 멀지 않은 곳에 위치한 도미니꼬 수녀회에서 경영하는 컬드웰 대학Caldwell College에 입학하였다. 네 과목을 수강 신청 하였는데 그러면 정식 학생이 되고 정식 학생이 되어야 학생 비자를 낼 수 있다는 말을 들었기 때문이다. 이는 내 여권에 찍힌 '비자 연장 불가'를 해결할 요량이었다. 그런데 학기 중간 쯤 내 비자 문제로 본당신부와 함께 뉴왁Newark 교구에서 일하는 미국인 변호사와 상의를 하게 되었다. 변호사는 이참에 아예 그린카드(미국 영주권)를 내는 것이 어떠냐고 조언을 해주었다. 구비해야 할 서류는 번잡해도 일말의 가능성을 믿고 한국에 편지를 내어 필요한 서류들을 준비해서 이민국에 제출하였다. 얼마 후 이민국에서 면담 날짜가 12월 8일로 연락이 왔다. 이 날은 나에게 특별히 뜻 깊은 날이다. 내가 성품 성사를 받은 날이며 성모님의 원죄 없으신 잉태 대축일이다. 나는 어린 시절 중요한 일이 있거나 어려운 결정을 앞두면 늘 성모님께 지향을 두고 전구해 주시기를 기도했는데 소신학교 입학 때 성모님께 간절히 기도했던 기억을 떠올리며 이번에도 어머니께 간구하였다. 이른 새벽에 이민국으로 나가보니 벌써 많은 사람들이 줄지어 기다리고 있었고 차례가 되어 별로 큰 문제없이 면담을 잘 치렀다. 그 후 한 달 쯤 되어 영주권이 나왔고 이로써 나의 미국 체류 문제는 해결이 되었다. 새옹지마塞翁之馬란 바로 이런 것인가? 하와이에서 내가 받은 수모와 걱정들이 전화위복轉禍爲福이 된 것이다.

"그러므로 '너희는 무엇을 먹을까? 무엇을 마실까? 무엇을 차려 입을까?' 하며 걱정하지 마라. …너희는 먼저 하느님의 나라와 그분의

의 도움을 찾아라. (마태 6,31-33)

메리놀 신학교

컬드웰 대학에서 한 학기를 마쳐갈 무렵 나는 메리놀회 수녀님의 도움으로 뉴욕에 있는 메리놀 신학교로 옮기게 되었다. 메리놀 선교회는 처음 중국 선교를 목표로 창립되었다고 한다. 그래서인지 웅장한 건축물의 지붕 기와들이 마치 중국의 건축물을 보는 듯했다. 그러나 급격하게 줄어든 성소로 인하여 신학생들은 소수에 불과하고 베트남 출신 신학생들이 여러 명 있었다. 현재는 폐쇄되었다.

메리놀 신학교에 처음 갔을 때였다. 나를 데리고 간 메리놀회 수녀님께서 나를 학생처장이신 다른 메리놀 수녀님께 소개하는 점심 식사 자리에서 나는 두 분의 연세가 비슷할 것 같아 누가 더 연장자이신지를 물었다. 그러자 학생처장 수녀님께서 한국 사람들을 만나면 왜 언제나 나이를 물어보는지 모르겠다며 오히려 나에게 그 이유를 물었다. 그분은 한국에 한 번도 오지 않은 사람이다. 그 일로 장유유서長幼有序 말 같은 우리의 유교 문화에 내가 얼마나 깊이 배어 있는가를 깨달았다. 그 후로 서구인들과 얘기할 때 웬만하면 나이를 묻지 않았다. 자아를 진정으로 파악하려면 타인을 진정으로 만나야 하듯이 자기 몸에 밴 문화란 그 문화권을 벗어나야 알 수 있는 것 같았다.

나를 학생처장 수녀님께 데리고 가서 소개시켜 준 수녀님은 내가 뉴저지 한인 성당에서 어린이 미사 때 할 강론을 일일이 고쳐주시는 고마운 분이신데 이번에 또다시 큰 도움을 주신 것이다. 이제 학생처장 수녀님의 배려로 메리놀 기숙사에서 기거하며 공부할 혜택을 얻고 돌아오는 길에 갑자기 하늘이 시커멓게 변하면서 폭설이 내리기 시작했다. 금세 길은 눈이 쌓이고 미끄러워지면서 우리가 탄 차가 갈지자를 그리며 언덕을 내려오다가 결국 마주 오는 차와 충돌하고 말았다. 큰 사고는 아니지만 미국에서의 첫 번째 사고였고 우리가 탄 소형차는 폐차가 되고 한 일주일 정도 숨을 크게 쉴 때마다 가슴이 좀 맺혔던 적이 있다.

뉴저지의 이스트 오렌지와 메리놀 신학교의 거리는 대개 한 시간 반 정도로 주중에는 학교 기숙사에서 지내다가 주말이면 차를 타고 아름다운 허드슨 강과 태팬지 다리Tappan Zee Bridge를 건너 뉴저지로 와서 어린이 미사를 봉헌하고 주일 오후에 다시 메리놀 신학교로 돌아가곤 하였다. 내가 묵고 있는 방 옆에는 전주교구 문규현 신부님께서 나보다 먼저 와서 공부하고 계셨다. 우리는 서로 반가워하면서 함께 어울려 다녔다. 그러나 나는 메리놀 신학교의 진보적 신학의 맛을 채 보기도 전에 한 학기를 마치고 떠나야만 했는데 이번에는 멀리 캐나다의 서부 쪽으로 가야했다.

뉴저지에서는 한인 본당을 맡고 계신 박창득 신부님의 전적인 후원으로 더부살이를 잘 해 왔기에 신부님께 감사드리지 않을 수 없고, 일 년 동안 살면서 알게 된 여러 사람들과도 작별의 때를 맞이한 것이다.

"주님께서는 사랑하시는 이를 훈육하시고 아들로 인정하시는 모든 이를 채찍질 하신다. 여러분의 시련을 훈육으로 여겨 견디어 내십시오." (히브 12,6-7)

캐나다의 에드먼턴

세계는 모든 것이 상통하는 바야흐로 네트워크 시대를 향하여 전진하고 있다. 그럼에도 경계를 넘는다는 것, 사람과 사람과의 경계, 나라와 나라와의 경계, 이념이나 사상의 경계를 넘어 소통하는 건 쉬운 일이 아니다. 아직도 땅따먹기 경쟁이 만들어 놓은 굵은 경계선은 사람의 왕래를 통제한다.

나는 갑자기 미국을 떠나 캐나다 앨버타 주 에드먼턴Edmonton으로 가라는 명을 받았다. 전혀 예상하지도, 가보지도 못한 멀고 먼 도시에 가는 것은 잠시 교민사목을 하라는 교구장님의 지시지만 그 안에 어떤 의미가 담겨있을까 새겨보았다. 그것은 에드먼턴 한인 공동체의 공백상태를 메워야 하는데 당시 한국인들의 캐나다 입국비자가 너무 까다로워 갑자기 인사발령이 쉽지 않았으니 미국 영주권을 가신 내가 미국과 캐나다를 자유롭게 왕래할 수 있어 가게 된 것이라 여겨졌다. 캐나다 영주권자는 미국을 마음대로 드나들 수 없고 미국의 비자가 필요했다.

외교라는 것이 서로 호혜적이라고 보통 상식으로 생각하지만 실제로는 그렇지 않다. 강대국이 훨씬 더 많은 혜택을 누리며 더 큰 권력을 행사하고 있다. 한미 간에 맺은 자유무역(FTA)도 비슷하다. 자유무역에서 장, 단점을 논할 때 세부조항을 살펴야 하는데 왜곡된 언어와 비현실적인 통계가 많이 숨겨져 있다. 투자자국가소송제도(ISD)라는 제도를 집어넣어 마치 무역을 공정하게 지향하는 듯 표현을 하지만 실은 강한 쪽의 교묘한 장치가 은닉되어 있다. 오죽하면 서양 속담에 '악마는 각론에 숨어있다'는 말이 생겼을까? 강대국가와의 자유무역은 허구일 가능성이 크다.

유럽 여행

캐나다의 에드먼턴으로 가기 전에 긴 여름방학을 이용하여 유럽 여행을 결심하였다. 먼저 친구 신부가 있는 백림(베를린)으로 갔다. 아직 동, 서독이 통일되기 전이어서 서베를린은 동독일의 땅을 거쳐서 들어가야만 했기에 육지에 있는 섬이라고 불렀다. 서베를린에 도착한 후 며칠 만에 아주 좋은 기회를 얻었다. 동베를린을 한 바퀴 돌 수 있는 관광버스에 탑승해서 동베를린을 내 눈으로 직접 볼 수 있는 기회를 얻은 것이다. 서베를린은 동베를린과 담장 하나로 갈라져 있어 우리의 남북 간 대치 상태와 비슷하기에 호기심은 점차 커져서 가슴이 쿵쾅거리기 시작했다. 하지만 막상 친구와 함께 버스에 탑승하려는데 친구는 베를린에 살고 있다는 이유로 거부를 당했다. 규정상 베를린에 거주하지 않는 외부에서 온 여행자들에게만 허용하는 관광이었던 것이다. 어쩔 수 없이 친구와 떨어져 혼자서, 다른 외국인들과 함께 엄격한 검문을 거쳐 동베를린 안으로 들어갔다.

난생 처음 공산국가가 지배하는 동베를린에 들어가자마자 서베를린과의 대조를 금방 한 눈에 알아 볼 수 있었다. 길거리에 사람들이 적었고 곳곳에서 보초를 서는 군인들이 눈에 띄었으며 건물은 낡았고 2차 대전 중에 부서진 건물들도 꽤 보였다. 전체적인 분위기가 자유가 없는 땅에 들어와 있다는 것을 피부로 느낄 수 있었다. 우리가 탄 버스는 맨 먼저 제 2차 세계 대전 때 전사한 병사들이 묻힌 국립묘지에 우리 일행을 내려놓았다. 아마도 의무참배로 규정되어 있는 것 같았다. 여기서도 서방 세계의 공동묘지에서 볼 수 없는 색다른 풍경이 한눈에 금방 들어왔다. 수많은 묘지들 앞에 십자가 표시를 한 것은 단 하나도 없었다. 역시 무신론을 내세우는 공산주의자들의 반그리스도적인 모습과 죽은 자들에 대한 그들의 접근(태도)이 무엇인지를 여실히 보여주는 것이었다.

중국이 개방을 하였으나 아직도 정치와 종교의 자유를 허용하지 않은 것은 무신론이 공산주의 근간이기 때문이다. 오늘날 공산주의가 그 세력이 많이 위축되었다고 하지만 공산주의 국가인 중국과 북한의 통치 방식은 여전히 인간 기본권에 대한 존중이 없다. 북한이 이념이나 지리적으로 중국과 계속 긴밀한 관계를 지속하는 한 통치 철학이 크게 바뀌지 않을 것인데 과연 북한의 변화가 가능할까? 그럼에도 불구하고 우리는 희망을 버리지 않는다. 그리스도교는 처음부터 늘 박해를 받아왔지만 결국 박해자들을 용서하고 포용해 온 위대한 역사를 갖고 있기 때문이다. 물론 이것은 인간의 힘을 초월하는 하느님의 힘과 더불어 그들을 적으로만 보지 않고 우리와 한 겨레라는 보다 큰 범주 안에서 바라볼 때 가능한 것이다.

그런데 우리의 현실은 어떠한가? 정치가 앞장서서 통일의 계획을 세우기는커녕 미운 사람이나 정적政敵을 종북세력이니, 좌파나 빨갱이로 몰아붙이면서 오히려 공산주의 덕을 많이 보고 있는 것을 어떻게 설명할 수 있을까?

'선으로 악을 굴복시키십시오.'(로마 12,21) 하느님의 말씀은 공산주의자들에게는 해당이 되지 않는다고 믿기 때문일까? 한반도에 살고 있는 우리 그리스도인이 당면한 시대적 지정학적 사명은 무엇일까?

서독 사람들도 동독 사람들을 우리처럼 그렇게 철천지원수로 생각하고 미운 정적들에게 빨간 색깔을 칠했을까? 물론 그들은 우리나라처럼 서로 전쟁을 벌이지는 않았다. 이것이 우리와 다르다. 그러나 우리가 전쟁을 치렀기에 동족간의 전쟁이 얼마나 큰 비극인지를 너무도 잘 알고 있다. 평화는 전쟁을 준비함으로 얻는다는 로마인들의 옛 이야기를 신봉하는 것은 너무 위험하고 논리적으로 맞지 않는다. 평화는 평화를 준비함으로써 얻는 것이지 전쟁을 준비함으로써 얻는 것이 아니다. 전쟁으로 해결될 일은 아무 것도 없다. 오른쪽 왼쪽을 가르며 사회전체와 공익을 염려하는 사람들을 좌익으로 보고 몰아내자고 핏대를 올리면서 전쟁 불사를 외쳐대는 것은 정신적으로 너무나 미숙함을 보여주는 것에 지나지 않는다. 21세기에 전쟁은 인류를 말살시킬 정도로 위험하다. 인간의 힘이 인간의 키를 넘어선 것이다. 즉 인간 스스로를 통제할 능력을 넘어 설 만큼 너무 커져 있다. 이제는 어차피 모두가 한데 어울려 살 수밖에 없고 다양한 세계를 인정하지 않을 수 없다.

동백림을 하루 동안 돌아보면서 공산주의의 실정을 한 눈에 실감할 수 있었을 뿐만 아니라 분단국가인 우리나라의 가슴 아픈 처지도 함께 떠올라 겹쳐지는 것을 어찌하랴.

예수님께서는 십자가상에서 당신을 죽인 사람들을 용서해 달라고 기도하셨다. (루카 23,34)

독일을 떠나 다른 일행과 함께 여러 날 동안 오스트리아를 가로지르면서 비엔나까지 여행하는 좋은 시간도 가졌다. 우리나라와 비슷한 지형의 오스트리아의 나지막한 구릉을 달리면서 또는 고색창연한 아름다운 옛 성곽을 둘러보면서 아주 멋진 관광을 즐길 수 있었다. 잘츠부르크는 천상의 멜로디를 작곡한 볼프강 아마데우스 모차르트의 고향이냐. 개신교 신학자 칼 바르트는 한 세기 이전의 모차르트에게 감사와 사랑을 보내는 책까지 저술했다. 게다가 잘츠부르크는 음악 영화 '사운드 오브 뮤직'의 주 배경이 되었다. 수녀가 되기를 꿈꾸었던 마리아와 남편 폰 트랩이 독일군의 징집을 피해 일가족과 함께 스위스로 가는 동안 아름다운 장면이 많이 등장한다. 음악의 도시 비엔나는 나의 눈만 아니라 귀까지 즐겁게 해 주었다. 비엔나는 거리의 악사들이 다른 어느 도시보다도 많았다. 오스트리아는 중립국으로 당시 동쪽으로는 온통 공산국가들이었지만 서방과 동방의 완충지 역할을 하면서도 아무런 위협이 없어서인지 사람들 모습이 편안해 보였다. 우리나라가 강대국에 끼어있기에 스위스나 오스트리아처럼 중립국을 선언하고 군축을 통해 모은 엄청난 국방비를 평화의 자금으로 돌려서 보다 생산적인 곳에 투자하여 동 아시아의 평화를 상징하는 한반도로 만들 수는 없을까?

　나의 견문은 짧지만 여기서 그치지 않고 마지막으로 며칠간 영국의 런던을 여행하였다. 런던에서는 그동안 책으로 혹은 말로만 듣던 템스강과 시계탑, 피카딜리 광장, 하이드 팍, 성 바오로 성당 등 유명한 곳들을 나 홀로 빨간 이층 버스를 타고서 때로는 밤늦게 지하철을 타고 이곳저곳을 거쳐 가며 훑어보았다. 여행을 하는 동안 여러 곳에서 내게 많은 도움을 준 지인들과 또 잠깐 사귀면서 도움을 받은 이들에게 감사를 드리지 않을 수 없다.

에드먼턴 한인 공동체

유럽을 돌고 돌아 한동안 살아야 하는 내 임지인 캐나다의 에드먼턴으로 왔다. 에드먼턴은 태평양에 접한 브리티시 콜롬비아 주 다음에 있는 앨버타Alberta 주의 수도이며 북아메리카에서는 가장 북쪽에 있는데 당시 인구 50만의 캐나다에서는 네댓 번째로 큰 도시이다. 지금은 석유 산업으로 인구가 거의 두 배로 늘었다.

도시는 드넓은 평원에 자리 잡고 있어 얼마든지 확장이 가능하다. 특별히 도시 외곽의 넓은 평원에선 곳곳에 석유와 천연가스를 퍼 올리는 육중한 시추기(Rig)들이 위아래로 끄덕이고 있는 모습을 쉽게 볼 수 있다. 또한 우크라이나 사람들이 전 인구의 13% 정도를 차지하고 있기에 동방정교의 독특한 모형을 한 성당들도 도시와 들판에서 자주 눈에 띄었다. 나는 이곳에서 전례를 가르치는 교수 신부의 권유로 동방교회의 미사 전례에 참석한 적이 있다.

에드먼턴에 도착해보니 한인들은 약 삼천 명 가량이었고 그중 약 십분의 일인 삼백 명 정도가 가톨릭 신자들의 공동체를 형성하고 있었다. 그러나 그중 사분의 일은 시외에 살고 있는 사람들이어서 부활과 성탄의 대축일을 제외한 연중 주일 미사에 나오는 교우들은 백 명을 좀 상회하는 숫자였다.

나는 그곳 한인 천주교 공동체를 돌보면서 자동차로 약 30분 거리에 있으며 시의 북쪽에 위치한 뉴먼 신학교에 청강을 신청했다. 이 일을 에드먼턴 교구장님께 말씀드렸더니 매우 좋아하셨을 뿐만 아니다 성제석으로 석극석인 우원노 해수셨다. 신학교에서 잊지 못할 인연이 있다면 내가 번역한 책 'The Holy Longing'의 원저자 로널드 롤하이저Ronald Rolheiser 신부로부터 강의를 들었던 일이다. 그는 학생들에게 매우 영민한 교수로 알려진 분이었고 속사포처럼 빠른 말로 강의했었다.(영어가 서툰 나에게는 적어도 그렇게 들렸다.) 그런 인연으로 그분의 많은 저서 가운데 마침 2000년에 쓴 위의 서적이 북미 가톨릭 서적 가운데 가장 읽어볼 만한 책 1위로 선정이 되었기에 이를 번역하여 2006년에 출판하였는데 우리말로『聖과 性의 영성』 — 그리스도인들의 영성 탐구를 위하여란 제목이다. 이어서 2010년에는 또 다른 그분의 책『하느님의 불꽃, 인간의 불꽃』(Forgotten Among The Lilies)도 출판하였다.

그곳에서는 모든 것이 순조로워 즐겁고 유익한 시간을 보낼 수 있었다. 그것은 내가 사목을 잘 해서라기보다 마음이 편했기 때문이다. 교우들에게는 미리 말하지 않았지만 난 어차피 일 년 후에 떠날 사람이니 신부로서 내가 꼭 해야 할 일에 중점을 두고 나머지는, 특별히 금전적인 문제 일체를 교우들에게 맡겼다. 그러니 미래에 대하여 걱정할 일이 줄어들고 본당 운영에 대하여 거창한 계획을 세울 필요도 없었다.

사실 에드먼턴에 오기 전에는 일 년 후에 내가 어디에 있을지 무엇을 해야 할지 예측 할 수 없었다. 내가 다닐 학교를 내가 선택해서 다녀야 하는데 정보 부족으로 어디에 있는 어느 학교를 선택해야할지 아무런 사전 계획을 세울 수 없었기 때문이다. 그러나 이제 우리 교구장님의 갑작스런 인사 발령으로 이곳에서 당분간 교민 사목을 하라는 명을 받았기에 적어도 일 년은 내 미래에 대해 어느 정도 윤곽을 그리며 대비하게 되었다.

에드먼턴의 여름은 환상적이다. 여름이라도 그다지 덥지 않은데다 오후 11시가 가까워도 밖이 환해서 많은 취미생활이나 운동을 즐길 수 있었다. 본당의 젊은이와 어린이들은 주일 미사를 마치면 으레 이웃에 있는 개신교 사람들과 여러 가지 스포츠 경기를 가졌다. 그래서 왜 주일마다 운동을 하느냐고 물었더니 "신부님 여기 여름은 짧습니다. 좀 있으면 가을이 되고 가을은 금방 지나고 겨울이 되면 아무리 운동을 하고 싶어도 추워서 못합니다." 그래서 짧은 여름이지만 상쾌하고 긴 여름날을 만끽하기 위해 각종 스포츠를 즐기기에 바빴다. 하지만 구월만 되어도 날씨가 흐려지면 추워 밖의 활동에 지장을 많이 받는다. 여름에 옥외 활동을 부지런히 하는 이유가 있는 것이다.

캐나다의 북쪽은 한국에서 볼 수 없는 기묘한 일이 하나 있는데 하늘에서 오로라Aurora 현상이 일어난다. 하늘을 바탕으로 신비한 빛이 너울거리며 춤사위가 펼쳐지는데 말로 표현하기 어려울 정도로 장관을 이룬다. 처음 이 광경을 보았을 때 심장이 힘차게 고동치며 외경심과 두려움으로 하늘과 동화되는 느낌이 들었다. 태양으로부터 날아온 전기를 띤 입자가 지구자기의 변화에 생기는 일종의 방전 현상이라 하는데 이는 지구가 홀로 있지 않고 태양의 영향을 받는 밀접한 관계에 있음을 알려주는 신호다. 우리 은하계가 하나로 연동하는 힘을 느끼게 해 주는 것 같다. 만일 자연의 이런 현상을 통해 우리가 하느님의 힘과 뜻을 깨우치게 된다면 성사적이라 할 수 있지 않을까? 그러나 이를 알아보는 사람과 스쳐지나가는 사람이 있기에 하느님은 드러내시면서 자신을 감추는 신비이시다.

당시 한국에서 귀족 운동 대접을 받는 골프Golf도 거기서는 참 많이 쳤다. 한국과는 달리 비용이 적게 들어 교포들이 대부분 하는 운동인지라 부담 없었다. 시작은 미국에서 하였지만 열 손가락으로 꼽을 정도 밖에 치지 않았다. 나는 골프를 배우고 시작한 것이 아니고 시작해서 배웠다. 골퍼Golfer들은 무슨 해괴한 말을 하느냐고 할지 모르나 자초지종은 이러하다.

뉴저지에 있을 때 어느 날 함께 사는 선배 신부님이 근처에서 한국 신부님들 모임이 있는데 같이 가 인사를 하자고 해서 따라 나섰다. 회합은 길지 않았다. 그리고 모두가 골프장으로 가는데 나만 덜렁 혼자 남게 되었다. 선배 신부님이 우두커니 서 있는 나에게 골프 공 하나와 아이언 5번 골프채를 주면서 우리 뒤에 따라오며 치라고 하였다. 이것이 난생 처음으로 골프채와 공을 만져본 것이었을 뿐만 아니라 실제로 골프공을 골프 코스에서 친 것이다. 나는 앞 사람을 뒤따라가면서 공치는 모습을 보고 흉내 내며 혼자서 18홀을 다 돌았다. 아마 한 번도 공이 제대로 하늘을 난 것 같지가 않았다. 공을 칠 때마다 공이 잔디 위에서 지그재그로 왔다 갔다 하니까 공을 쫓아다니며 치고, 공을 치고 걸으면서 때로 주워서 다시 치기도 하며 아무튼 18 홀을 다 돌았는데 다음 날이 문제였다. 온 몸이 쑤시며 안 아픈 곳이 없어 나는 골프 체질이 아니라고 생각했다. 이렇게 골프하고는 거리가 멀다 생각했는데 그 후 사람들의 권유로 조금씩 틈을 내어 드라이브 레인지(골프 연습장)에 가서 연습을 하였다. 그런데 이제는 공이 하늘로 날아가는 것이 아닌가! 재미가 생길 뿐 아니라 할수록 더 매력을 느꼈다. 그렇게 시작된 골프는 에드먼턴에서 한 여름 동안 참 많이 공을 쳐댔다. 남자들이 모이면 골프 애기로 꽃을 피우기 때문에 골프를 하지 않으면 그들의 대화에 끼어들기가 어려웠다. 한국 날씨처럼 뜨겁지도 습하지도 않은 에드먼턴에서 골프는 긴 여름 방학과 긴 여름날을 보내기에 적합한 운동이었다. 그러다 보니 하루에 심심치 않게 36홀을 돌기도 하였다.

우리나라에서는 비용이 많이 들어 사치 스포츠라고 여기던 내가 한동안 골프에 빠진 것은 코스 사용료(green fee)가 저렴하다는 것 외에도 여기를 떠나면 골프란 운동을 할 기회가 많지 않을 것이라는 예감도 함께 작용했다. 늘 이 순간이 마지막이라 생각하면 좀 엉뚱한 표현일지 모르나 마치 종말론적 삶이라고나 할까. 에드먼턴에서의 한시적인 짧은 임기가 더욱 이 운동에 전념하게 만들었다. 지금은 그 때의 예견대로 이 운동과 멀어졌다.

어떤 일을 할 때 너무 많은 시간이 주어지면 나태한 마음과 뒤로 비우는 태도로 인해 오히려 일의 속도를 늦추거나 성과를 못내는 경우가 얼마나 많은가? 시간이 없어서가 아니라 마음이 문제인 것이다. 남은 기간이 짧다는 의식 속에 사는 종말론적 삶은 우리로 하여금 시간을 알뜰히 쓰고 또 일에 전념하도록 도움을 준다.

엘크 아일랜드의 습지

에드먼턴은 광활한 평원 위에 있는 도시이다. 유명한 로키 산맥의 국립공원까지 가려면 적어도 6시간 정도 걸린다. 그러나 뜻밖에도 도심에서 약 두 시간 정도면 갈 수 있는 가까운 곳에 국립공원이 있었다. 엘크 아일랜드Elk Island란 곳인데 그렇다고 섬은 아니다. 처음 이곳에 갔을 때는 이런 곳이 왜 국립공원이 되었는지 이해가 안 갔다. 약간의 언덕이 있고 들소 버펄로Buffalo들이 한가롭게 풀을 뜯고 있는 정경이 우선 눈에 띈다. 그리고 아주 넓은 습지(Wet Land)가 있어 여러 종류의 새들과 철새들이 그 늪지에 보금자리를 갖고 있는 것을 볼 수 있다. 로키산맥의 웅장하고 눈부시도록 장엄한 아름다운 풍광과는 거리가 너무 멀다. 이곳이 과연 국립공원으로서의 가치가 있을까? 얼핏 그런 생각이 먼저 드는 곳이다. 그럼에도 이곳은 어엿하게 국립공원이다. 왜일까?

그것은 다름 아닌 넓은 습지 때문이란다. 그 습지 앞에는 동판이 세워져 있는데 습지 설명과 함께 고인이 되신 요한 바오로 2세 교황님의 부조가 새겨져 있다. 교황님께서 이곳을 방문한 기념으로 제작해 놓은 것이다. 이를 계기로 습지가 생태계에서 얼마나 중요한지를 조금이나마 공부하고 알게 되었다. 그들은 습지를 잘 보존하고 습지의 가치를 보다 잘 알리기 위해 국립공원으로 지정하였다. 교황님께서도 그렇게 많은 다른 멋진 국립공원 대신에 이곳을 방문하신 것이고 나도 그 이유를 깨달았다.

캐나다는 환경에 대해 남다르게 예민한 나라로 보였다. 겨울에 눈이 많이 오기도 하지만 그보다는 땅위에 있는 눈들이 기온이 낮아 잘 녹지 않기에 겨우 내내 자동차가 눈길을 달려야 하는데도 여간해서 염화칼슘을 뿌리지 않는다. 물론 도시가 크고 높은 언덕이 거의 없어 차량 통행에 큰 지장이 없는 이유도 있겠지만 가로수가 염화칼슘으로 수난 당하는 것을 막기 위해서란다. 또 여름에는 한 때나마 모기가 엄청나게 번식을 해서 골프장에서 모기 때문에 퍼팅하기 힘들 때도 있다. 그럼에도 환경 보호를 위해 모기약을 살포하지 않는다. 환경보호를 위해 불편함을 감내하는 것이다. 생태계를 지키고 환경을 보호하기 위해 그들은 우리의 눈으로 보면 보통의 상식을 뛰어넘는다. 그렇게 넓은 땅에 모기약을 조금 뿌린다고, 도시에 염화칼슘을 조금 뿌린다고 얼마나 생태계가 달라질까 수긍하기 힘들다. 그러나 환경을 위해 생태계 보존을 위해 불편한 생활을 마다하지 않는 모습은 신선한 충격이었다.

20세기 저명한 고고학자요 신학자이며 영성가인 떼이야르 드 샤르뎅의 영향을 받은 토머스 베리Thomas Berry 신부는 지구 생태계에

내린 연구에 한 생을 바쳤다. 그는 인류가 이 행성에서 살아남으려면
지구를 훼손하지 않는 지속가능한 새로운 생태계라는 문명으로 나아
가야 한다고 역설하였다. 그는 지구 전체를 염두에 둔 사고방식과 나
아가 우주적 창조 질서에 대한 경외감을 갖고 일상생활에서 살아가
도록 강조한다. 그리하여 이런 지혜와 영성이 널리 퍼지기를 염원하
였으며 많은 이들에게 깊은 생태적 감각을 불러일으켰다. 우리나라
에도 환경과 생태계를 연구하고 올바른 지적과 제시를 하는 사람들
이 많지만 정부가 이를 따르지 않는다. 오히려 앞장서서 환경을 훼손
하고 생태계를 죽이고 있다.

자연스럽게 흘러야 할 강바닥을 파엎고, 물길을 막아 온갖 인공적
인 것들로 덧붙이고, 강물 속의 생명들을 마구 죽이면서도 아무렇지
않게 여기는 힘있는 사람들의 태도가 참으로 개탄스럽다. 어떻게 그
런 발상에 수십 조를 쏟아 부으면서 국내외에 자랑할 수 있을까? 어
쩌다가 환경이나 생태계에 무지한 사람들이 아름다운 국토를 마음대
로 주무르게 되었나? 이 파괴적 공사가 가져다 준 재난은 앞으로 누
가 그 대가를 치러야 하는가?

우리는 왜 다른 나라의 좋은 선례들을 통해 배우려 하지 않는가.
이웃나라 후쿠시마의 재앙을 보았으면서도 원전의 파괴적 힘을 두려
워하지 않는 배짱은 무엇인지 모르겠다. 사고事故란 막고 싶은 의지
만으로 막을 수 있는 것이 아니다. 많아지면 사고의 확률이 높아지는
것이고 그 대가는 대대 후손 수만 년까지 이르게 된다. 합리성을 무

엇보다도 내세우는 과학자들이 앞장서 원전의 불합리함을 홍보하고 우리와 후손을 위해 안전하고 공해 없는 다른 대안을 내세웠으면 하는 마음 간절하다.

"산과 언덕들아, 주님을 찬미하여라. 땅에서 싹트는 것들아, 모두 주님을 찬미하여라. 바다와 강들아, 주님을 찬미하여라."(다니엘 3,75-78)

에드먼턴에서 나는 일반 주택가에서 살았는데 바로 옆집에 대략 30대 중반 쯤 보이는 장애인 여성이 혼자 살고 있었다. 그 장애인은 하체를 아주 못 쓰는 사람으로 늘 휠체어를 타고 다녔다. 그 때(80년대 말) 내 눈에는 장애인이 혼자서 살아가는 모습이 참 신기하게 여겨졌다. 집밖에서 우연히 마주치면 서로 간단한 인사말을 나누면서도 자세한 내용은 물어볼 수도 없고 또 그 집안에 들어가 보지도 못해서 어떻게 모든 것을 해결하는지 알 수 없었지만 용케 혼자 살아가는 모습이 궁금하면서도 대견했다. 그런데 시간이 지나면서 관찰해 보니 한 달에 두어 번씩 가족들이 방문하는 것이 보였고, 자동차는 장애인을 위해 특별히 개조한 차를 사용하면서 출근하고 집 앞과 옆의 잔디밭은 시에서 정기적으로 나와 깎아준다는 것을 알게 되었다. 물론 집은 모두 휠체어가 다닐 수 있도록 설계되었다. 이렇게 장애인이 혼자서 살아갈 수 있는 것이 그때까지 내 짧은 견문으로는 참으로 부러웠고 놀랍게 보였다. 그리고 정부나 시에서 해주는 장애인에 대한 때에 가시 시원도 상냉아나는 것을 알게 되었다.

요즘 복지란 말을 많이 하고 있다. 특히 18대 대선에서 복지가 공약의 큰 쟁점으로 거론되었다. 그동안 장애인에 대한 배려가 옛날보다 좋아진 것은 사실이나 장애인을 비롯해서 우리나라가 추진하는 모든 복지 정책이 선거 때가 되면 큰 인심이나 쓰듯이 반짝하다가 선거가 끝나면 예산 탓을 하면서 축소되고 있다. 그리고 진정으로 장애인을 위한 것이라기보다 그저 생색내는 공약에 불과한 경우가 많은 것 같다. 가령 올림픽이나 국제 대회 같은 행사를 앞두고 보도에 시각 장애인을 위한 보도블록을 설치하고 횡단보도에도 음성으로 신호를 알리는 장치를 설치하지만 지속적인 보수나 수리를 잘 하지 않아 부서지고 고장 난 상태로 방치된다. 왜 이런 일이 개선되지 않는가? 성한 사람들에게 보여주기 위한 시설인가? 장애인들이 살고 있는 집을 편리하게 해주고 꼭 장애인이 아니더라도 홀로 사는 독거노인 등을 보살펴 주는 정책도 들쑥날쑥 잘 추진되지 않는 것은 무엇일까?

문제는 정책 입안자들이 보이기 위한 전시 효과에 그치지 말고 근본적으로 사람을 사랑하고 존중하는 정신에서 복지를 시작하고 정책을 펴 나가야 하는 것이다. 그렇지 않으면 빛 좋은 개살구란 말대로 실제적이고 지속적인 도움이 되지 않는다. 이런 문제는 이익을 따져서는 안 되듯이 명예나 업적을 내세워도 안 될 것이다. 위정자들의 공약公約을 국민들까지도 타성이 되어 공약空約으로 받아들이는데도 문제가 있다.

"내가 진실로 너희에게 말한다. 너희가 내 형제들인 이 가장 작은 이들 가운데 한 사람에게 해 준 것이 바로 나에게 해 준 것이다."(마태 25, 40)

저녁시간

에드먼턴에서는 내가 신부가 되어 처음으로 식생활의 대부분을 스스로 해결해야만 했다. 워낙 적은 액수(다른 본당의 반)의 생활비를 받았으니 파출부도 고용할 수가 없었다. 그래서 교우들에게 하루에 한 끼 식사만 해결해 줄 것을 부탁했다. 아침과 점심은 내가 알아서 해결하고 저녁 식사만 해견 해 달라했다. 내가 저녁에 교우 집을 방문하여 그 집에서 가족들과 저녁 식사를 나눔으로써 해결하는 식이었다. 이 방법은 효율성이 아주 좋아 나의 식사 문제 해결과 더불어 교우 집 방문을 동시에 할 수 있어서 일석이조 내지 일석삼조로 좋았다. 온 가족이 한자리에 모인 식탁에서 그 가정의 분위기를 파악하는데 이보다 더 좋은 기회가 없었다. 게다가 함께 음식을 나누는 것보다 더 좋은 친교의 시간이 있을까. 이로 인해 에드먼턴에서의 나의 사목생활은 교우들의 깊은 속까지 헤아리고 배려 할 수 있는 아름다운 좋은 추억으로 간직하게 되었다.

그러나 우리나라에서는 이런 식의 가정 방문이 거의 불가능하다. 생활이 너무 복잡하고 남자들이 늦게 퇴근하여 온 가족이 함께 모이는 시간이 거의 없다. 저녁 시간을 빼앗긴 생활이 현재 우리나라의 가성이다. 점점 가정이 하숙집처럼 되어가고 있는 듯하다. 이것은 가족이 논밭에서 함께 일하는 농경시대를 벗어나서 그렇다고 말한다. 그러나 에드먼턴의 한인들은 농사짓는 사람들이 아니었다. 거기서도 직장에 다니는 사람들이 있고 자영업을 하는 사람들도 많았다. 물론 그들 중에도 늦은 밤이 아니면 집에 못 오는 사람들도 있다. 어쩔 수 없는 일이지만 문제는 직장과 사회 분위기도 크게 작용을 하는 것이 아닐까. 늦게까지 일하는 것을 능력이 있어 인정받는 사람으로 간주하는 사회분위기만 바뀌어도 오늘날의 저녁시간 없는 가정을 조금은 개선 할 수 있을 것 같다. 우리나라도 한 때 온 가족이 한 자리에 모여 저녁시간을 보내는 시절이 있었다. 그 때 온 가족이 함께 모여 만과(저녁 기도)를 드렸다. 자고 있는 아이를 깨워 함께 기도하는 가정이 이제는 영원히 돌아오지 않는 아련한 추억으로만 간직해야 하나?

에드먼턴의 겨울은 너무 춥고 낮이 짧다. 초겨울 어느 날 들판에 나가서 우연히 소들이 눈보라를 맞고 있는 것을 목격했는데 여러 마리가 한데 모여 서로 어깨를 맞대어 동그란 원을 그리고 있었다. 서로의 체온을 유지하기 위한 방법이었다. 겨울의 추위도 퇴근 후 곧바로 가정으로 발길을 돌리게 하고 온 가족들이 저녁을 함께 하는데 일조를 한 것인가. 영하 30도 이하로 내려가는 겨울 아침이면 앞의 차에서 나오는 배기가스가 하얗게 얼어 앞 차량을 볼 수 없을 때도 가끔 있다. 이렇게 기온이 내려가는 것을 대비해서 모든 주차장에는 옥 내외를 막론하고 꼭 전기 플러그Plug가 장치되어 있어서 저녁에 차를 주차시켜놓고 엔진의 전기코드를 플러그에 꽂아놓는다. 그렇지 않으면 다음날 아침 자동차 시동이 걸리지 않았다. 겨울철 밖의 기온이 이렇게 낮고 겨울도 길기 때문에 옥내에서 활동할 수 있도록 단일 건물로는 세계에서 가장 큰 복합 상가(Shopping Mall)건물이 에드먼턴에 들어서게 되었다고도 한다.

이곳으로 우리 한인들이 처음 이민 오게 된 사연이랄까 동기는 박정희 독재 정권에 신물이 난 사람들과 또한 서독 광부나 간호사로 나갔던 사람들이 있고 그 외에도 외국에서 새로운 삶을 시작하고자 했던 진취적인 사람들로 구성되어 있었다. 이분들 대부분이 처음에는 석유 파이프 배관공이나 용접공과 같은 노동자로 왔다고 한다. 에드먼턴은 석유 관련 산업이 많아서 그런 일에 일손이 부족하였기 때문인데 우리나라 사람들은 워낙 눈썰미와 손재주가 좋아 한두 달 기술을 익힌 뒤에 쉽게 취직할 수 있었던 것이다. 게다가 일반적으로 옥외 일이 옥내의 일보다 높은 급료를 받아서 돈벌이도 아주 좋았기에 다른 곳으로 떠나지 않고 머물렀다고 한다.

정해진 시간은 빨리 흐르는 법이다. 나는 교우들과 헤어져야 할 시간이 다가오면서 떠나기 얼마 전에 교우들에게 나와 우리 주교님과의 약속을 알렸고 내가 어디로 갈 것인지도 말해 주었다. 아쉬운 마음 금할 길이 없었다. 왜 그리 아쉬울까? 두 가지로 보고 싶다. 하나는 시간이 너무 짧았기 때문이고 다른 하나는 에드먼턴에서 모든 것을 다 내려놓고 살았기 때문이다. 그야말로 아무런 욕심 없이 자유롭게 살았기에 행복한 생활을 할 수가 있었던 것이다. 그러나 모든 만남은 영원히 지속될 수 없다. 회자정리會者定離라는 말과 같이 만남과 헤어짐의 연속은 삶의 필연적인 요소이다. 다시 새로운 곳으로 가서 적응을 해야만 한다.

"너희들 작은 양떼들아, 두려워하지 마라. 너희의 아버지께서는 그 나라를 너희에게 주실 것이다."(루카 12,32)

마닐라의 EAPI에서부터 프랑스 떼제

누가 폭넓은 경험을 원하는가?
지혜는 과거를 알고 미래를 예측하며
명언을 지어 내고 수수께끼를 풀 줄 알며
표징과 기적을,
시간과 시대의 변천을 미리 안다.

지혜서 8:8

소 성체대회

1981년 팝송 가수 수잔 잭스Susan Jacks가 불러 80년대 유행하기 시작한 에버그린Evergreen이란 노래가 있다. 그 노래 가사는 사랑이 변하지 않고 늘 푸르렀으면 하는 간절한 바람을 담고 있다. 그럼에도 사람들이 언제나 한 가지만을 좋아할까? 사실 변해야 할 것과 변하지 말아야 할 것을 지혜롭게 식별하며 살아가는 게 그리 녹록치가 않다. 사계절이 있는 지역에서 태어난 사람으로 역동적인 변화 속에서 새로움을 찾고 서로 다른 것과 어울리며 이뤄지는 조화 속에서 아름다운 세상을 발견하게 된다. 지구촌이란 말이 나오기 시작할 때부터

서로 다름을 인정하고 나는 선해를 수봉하며 사는 것이 얼마나 중
요한 사안인지 깨닫게 되었다. 인간들의 뒤틀린 욕망이 한없이 뻗치
면 자연도 사람도 못살게 만들고 갈등은 갈수록 커지기 마련이다. 다
양한 생물들이 보존되고 유지될 때 지구 전체의 생명이 멸종되지 않
고 인간도 지속적으로 발전하며 생명과 자유와 평화를 누리며 살아
갈 수 있을 것이다.

1989년은 뜨거운 여름만 길고 지루하게 이어졌다. 8월이 끝나고 9
월 초에 들어간 필리핀은 아직도 한참 더운 여름이었다. 그해는 나에
게 여름만 있는 것처럼 여겨졌다. 시원한 날을 기다리는 나에게 마닐
라의 시간은 정지 된 것 같았고, 나날이 더웠고, 더위 탓인지 마치 모
든 것이 슬로우 모션으로 움직이는 동영상 같았다. 열대 기후에서 살
다보니 사람들이 느려지는 것은 어쩔 수 없다는 것을 체험으로 깨달
았다. 걸음걸이를 비롯해 사람들이 서두르는 것이 별로 없었다. 여럿
이 함께 가다 보면 나만 혼자 빨리 가고 있었다.

EAPI(East Asia Pastoral Institute)는 마닐라에 있으며 예수회가 운
영하는 아테네오 대학Ateneo de Manila University 내 동아시아 사목
연수원이다. 내가 다니던 그해 EAPI 주제는 '아버지의 나라가 임하소
서!'(Thy Kingdom come!)이었다.

수강생 거의가 아시아에서 온 사람들이지만 아프리카나 유럽에서
온 사람도 몇 명씩 있었다. 그리고 한두 명의 평신도를 제외하고는
모두가 신부들과 수녀들이었다. 이 연수원은 꽤 긴 역사를 가졌고 학

과목도 잘 짜여 있는데 이번 연수는 앞으로 해나갈 사목을 위해서 아주 유용한 기간이었다. 그리고 사목을 펼쳐나가는데 있어서 이론보다는 실천적인 면으로 제 2차 바티칸 공의회 이후 교회의 전례를 자기나라 전통적인 문화와 어떻게 접목시켜 나갈 것인가 하는 토착화 문제를 고민하게 해주며, 풀뿌리 민중과 함께하는 가난한 교회의 소공동체에 역점을 두고 있었다. 한 걸음 더 나아가 여러 나라의 교회 현황과 문화를 접할 수 있는 좋은 기회도 되었다. 십여 개국 이상의 사람들이 한 자리에 모여 함께 숙식하며 공부하는 것, 그 자체만으로도 새로운 문화와 정보를 쉽게 얻을 수 있는 좋은 현장이었다.

EAPI에 참석한 한국인은 모두 다섯 명으로 나를 포함해서 네 분의 사제와 한 분의 수녀인데 제일 연장자인 나는 좋으나 싫으나 우리나라를 소개하는 발표나 문화의 밤 행사(Culture Night)를 책임지고 이끌며 주관하게 되었다. 문화의 밤 행사란 여러 나라 여러 민족이 모여 있기에 각 나라별로 하루를 정하여 자국의 언어, 노래, 춤, 영화 등으로 문화, 정치, 사회, 종교를 소개하면서 마지막으로는 저녁 미사에 주례자가 되어 미사를 봉헌하는데 어떤 주제를 정하여 그에 맞는 전례를 거행하면서 수강생들도 그 취지를 이해하고 함께 하는 것이다.

나는 우리 한국의 날을 '소 성체 대회'(Mini Eucharistic Congress)라 명명하였다. 그 해 우리나라에서는 마침 국제 성체대회가 거행되었기 때문이다. 비록 한국에서 개최하는 성체대회는 참석을 못하나

EAPI에 참석한 모든 사람들과 작은 국제 성체대회를 시행하면서 성체 안에 하나가 되자는 의도였다. 따라서 우리의 노래와 가면극을 선보이는 것 외에도 각 나라의 대표들이 미사에 참석하면서 자기 나라의 국기를 가지고 와 큰 지구본 아래 꽂도록 하였다. 그러면서 분단국인 우리의 실정을 소개하며 동시에 성체 안에 모두가 하나 되는 것처럼 남북한도 하루속히 다시 하나가 되도록 기도해 달라고 부탁하였다.

"십자가를 통해서 양쪽을 한 몸 안에서 하느님과 화해시키시어, 그 적개심을 당신 안에서 없애셨습니다."(에페 2,16)

"그리스도의 몸도 하나이고 성령도 한 분이십니다."(에페 4,5)

그 후 일 년이 지나서 어느 날 텔레비전을 통해 동, 서독 사람들이 베를린 장벽을 허물면서 통일의 함성을 소리 높여 외치는 것을 보는 순간 나도 모르게 눈물이 주르르 흘렀다. 나는 바로 베를린 장벽을 보았을 뿐만 아니라 그 벽을 넘어 동베를린을 들어간 본 적이 있었기 때문에 그런 모습이 우리의 현실과 비교해 볼 때 너무 부러워서였다. 언제 우리 차례가 될까? 우리의 통일은 아직도 그 기미가 잘 보이지 않는다. 우리의 노력이 부족한 것인가? 주변국의 방해인가? 아니면 인간의 힘 그 이상이 필요한 것인가? 한 가지 확실한 것은 아직도 진정한 화해가 부족하고 대북 정책을 정권 연장이나 정권 강화의 수단으로 삼는 세력이 너무 많다는 것이다. 물론 북한의 정권도 마음에 들지 않는다. '우리의 소원은 통일!'이란 노래는 가슴을 고동치게 하지만 그럴수록 동요의 세계에서 벗어나지 못하고 저 멀리 달아나는 느낌을 지울 수 없다. 회오리치는 폭풍을 두려워하지 않고 과감하게 뛰어드는 진정한 통일 일꾼이 많아지길 기도한다. 어찌 희생과 아픔 없이 큰일을 이룰 수 있을까?

"너희는 원수를 사랑하여라. 그리고 너희를 박해하는 자들을 위하여 기도하여라."(마태 5,44)

EAPI 연수는 우리 이전(1990년)에는 7개월이었으나 때마침 둘로 나누어서 전반 4개월과 후반 영성 코스 3개월로 분리하였다. 나는 후반 영성 코스를 필리핀이 아닌 다른 곳에서 받고 싶었다. 그래서 다음 해 1월 유럽으로 가서 이태리에 있는 포콜라레Focolare 사제 학교에 들어가 40일 간을 지냈다. 로삐아노Lopiano에 있는 이 사제학교는 여러 나라에서 많은 신부들이 와서 창립자인 끼아라 루빅 Chiara Lubich(1920-2008)의 영성 운동을 따라서 사는데 특별히 일치의 영성을 강조한다. 서로 다른 사람들이 일치를 위해서는 사랑에 의한 자발적인 양보나 희생이 필요하다. 강요에 못 이겨 어쩔 수 없이 하는 것은 의미가 없다. 일치의 필요성을 인식하고 십자가를 통해 그 일치를 배우고 익히는 것이 필요하다. 오늘날 세상의 많은 갈등을 줄이고 전쟁과 폭력이 난무하지 않도록 그리스도인은 무엇인가 기여해야 하지 않겠는가? 그 일치의 근원은 물론 삼위일체이신 하느님으로부터이고 또한 십자가를 통해서이다.

나는 그곳에서 룸메이트인 독일인(독일인들은 대부분 영어를 잘하기 때문) 신부와 함께 빨래 당번을 맡아서 일했고 우리 조 차례가될 때에는 설거지와 주방 청소를 하면서 그 주간을 지내곤 하였다. 이런 일을 하면서 서로 간의 일치를 위해 내가 할 일을 생각하지 않을 수 없었다.

포콜라레 사제 학교는 우리 한국인들에게는 언어 때문에 2년 코스이고 다른 유럽이나 남미 신부들은 일 년 동안 머물다가 떠난다고 하는데 나는 겨우 40일 정도만 머물렀을 뿐이다. 비록 한국에서 마리아 뽈리에 두 번 참석한 적이 있긴 하지만 이곳에서 오래 살아 본 사람들에 비하면 포콜라레 영성의 진미를 깊이 맛보지 못하고 그저 수박 겉핥기로 배우고 떠나게 되었다.

떼제 공동체

다음에 찾아간 곳은 프랑스에 있으며 종파를 초월하여 일치를 추구하는 떼제Taizé 공동체였다. 이곳에 가기 위해 먼저 프랑스 파리에 있는 파리 외방전교회에서 며칠간 머물며 그곳에 가기 위한 정보를 입수하고 계획을 짜야만 했다. 이태리 로삐아노와는 달리 전혀 아는 사람도 없고, 나를 반가이 맞아 줄 사람도 없고, 누구의 소개장도 없이 그냥 무조건 가는 길이기 때문이다. (로삐아노에서는 현 대전 주교님의 알선이 있었다.)

내가 떼제 공동체에 가겠다고 마음먹은 것은 마닐라의 EAPI에 있을 때 떼제 공동체의 수도자들Brothers이 와서 여러 번 떼제 공동체 묵상을 지도하며 함께 지낸 적이 있는데 그 때 받은 인상이 좋았다. 떼제에 가기 위한 조건을 물었더니 아무 조건 없이 그냥 오면 된다고 말하기에 그곳에 가기로 마음먹었다.

입수한 정보를 가지고 드디어 파리에서 떼제베(고속열차)를 타고 두 시간 이상 달려서 마콩Mâcon이란 곳으로 갔다. 그곳에서 다시 버스를 타고 약 40분 정도 더 가면 떼제란 작은 동네에 이른다는데 막상 마콩이란 곳에 도착해보니 너무 막막하였다. 허허 벌판 같은 곳에서 기차는 잠깐 쉬더니 훌쩍 떠나버리고 아무리 주위를 살펴봐도 버스나 버스 정류장 같은 데는 보이지 않았다. 불어는 자신이 없는데 프랑스인들은 영어를 하는 분이 생각보다 흔치 않았다. 그야말로 생소한 곳에서 막다른 골목에 맞닥뜨린 느낌이 들어 누구에게 어떻게 물어봐야 할지 난감하였다. 기차에서 내려 종종 걸음으로 대합실을 빠져나가는 사람들에게 눈길이 갔다. 모두가 어찌 그리 바쁜지 옆도 살피지 않고 빨리 걷는 모습에 난 감히 다가가 물어 볼 엄두조차 내지 못했다. 그런데 한 젊은 신사가 다른 사람과는 달리 그리 서둘지 않는 모습으로 여유 있게 천천히 역사驛舍를 걸어 나오고 있었다. 그 때 거의 본능적으로 저 사람이면 나에게 도움을 줄 수 있을 것이란 생각이 들어 다가가 말을 걸었다.

혹시 영어 할 줄 아시냐고 물었더니 바로 영어를 한다는 대답이 나왔다. 이제 반은 성공이라 생각하고 그러면 혹시 떼제란 동네를 아시냐고 물었나. 역시 만나고 대답하었나. 실은 내가 떼세에 가는 중인데 어떻게 하면 되겠냐고 물었더니 자기도 떼제에 가는 중이란다. 아, 이런 우연이! 너무 반가워서 내 소개를 하였다. 그랬더니 자기는 영국인이고 떼제 공동체에서 살고 있는 수도자이고 휴가차 영국에 갔다가 돌아오는 길이라는 것이다. 얼마나 반가운지 그에게 하느님은 오늘 나를 인도해 주는 좋은 수호천사를 보내주셨다고 감사의 인사를 드렸다.

나는 만나는 사람들에게 얼마나 좋은 수호천사 역을 수행해 왔는가? 남에게 수호천사가 될 수 있다는 그런 의식이나 가지고 있었는가? 어찌 보면 모든 친절한 안내와 접대는 우리를 수호천사로 만드는 것이 아닐까.

이렇게 해서 큰 어려움 없이 떼제에 무사히 도착했을 뿐만 아니라 좋은 수호천사의 보호를 받아서 떼제 공동체에 대한 첫 인상을 좋게 받았다. 그리고 평소에 생각해 오던 떼제 영성을 살고자 하는 사람들의 모습을 재확인하는 계기가 되었다.

현대인들은 언제나 바쁘게 살아간다. 꽉 짜인 일과표에 따라 앞 뒤 돌아볼 사이 없이 자기 일에 몰두하며 지낸다. 그래서 신앙이나 인생의 근원적인 문제 혹은 영성의 삶은 안중에 두지 못 하고 지내는 처지가 많다. 그러다보니 삶의 여유가 부족하다. 영성은 무엇보다 정신없이 쫓기는 삶에서 뿜어 나오지 않는 것이다. 육체의 건강을 위해 패스트 푸드Fast Food 대신에 슬로우 푸드Slow Food가 필요하듯이 우리의 영성도 마찬가지이리라. 서둘지 않는 생활 방식Life-style이 필요한 것이다.

지금도 급한 성격 때문에 너무 서두르고 있는 자신의 모습을 바라보며 문득 깨닫는다. 옛날 마콩역에서 만난 그 여유 있는 신사의 모습을 그리며 그런 모습으로 살고 싶은 것이다. 할 일이 많다는 구실로 늘 서두르며 살고 있는 내가 '지금 여기'를 살아가라는 말씀에 부합하지 못해 얼마나 많은 사람들이 내 뒷모습을 바라보며 아쉬워했을까 자문해본다.

어느 선사가 제자들에게 말하기를 나는 앉아 있어야 할 때 앉아 있고, 서 있어야 할 때 서 있으며, 길을 걸어가야 할 때 걸어간다. 이 말을 들은 제자들은 어디 스승님만 그렇습니까? 저희도 그렇게 합니다. 그러자 선사는 "아니다, 너희는 앉아 있어야 할 때 이미 서 있고, 서 있어야 할 때 이미 걸어가고 있다, 너희는 지금과 여기를 살지 않는다."하고 말했다.

떼제 공동체에서는 성당에서 하루에 세 번 약 한 시간씩 묵상을 하고 아침에는 미사도 봉헌하며 2주간을 보냈다. 떼제 공동체 역시 일치와 관용과 평화의 영성이다. 설립자 로제 슈츠Roger Louise Schultz (1915-2005) 수사님은 본래 개신교인이다. 아버지 역시 개신교 목사님이셨다. 어려서부터 동네에서 가톨릭과 개신교가 서로 갈등을 갖고 살아가는 모습에 대해 고민을 해 오신 것 같았다. 떼제 공동체의 전신은 이미 제 2차 세계 대전 중에 전쟁 난민과 유다인들을 돕는데서 비롯

되었지만 정식으로 떼제 공동체 규식을 제정한 것은 50년 대 초반이었다고 한다. 로제 수사님은 같은 예수님을 믿으며 화해와 일치와 평화의 삶을 추구하는 공동체를 조그마한 시골 마을 떼제에 정착하여 작은 공동체를 세웠다. 이곳은 개신교와 가톨릭을 구별하지 않고 모두 환영한다. 그래서 여름이면 전 유럽에서 몇 천 명씩 젊은이들이 몰려와 실제로 일치의 삶을 어떻게 실천하는 것인지, 어떻게 일치가 가능한지 구체적으로 체험하면서 배우고 돌아간다.

"아버지께서 저에게 주신 영광을 저도 그들에게 주었습니다. 우리가 하나인 것처럼 그들도 하나가 되게 하려는 것입니다. 저는 그들 안에 있고 아버지께서는 제 안에 계십니다. 이는 그들이 완전히 하나가 되게 하려는 것입니다."(요한 17,22)

떼제에 도착한 후 나를 인도하여 함께 간 수호천사를 통해 한국인 수사가 두 명 있다는 것을 알게 되었다. 그 중 한 분은 가톨릭이고 다른 분은 개신교 신자였다. 이렇게 떼제 수사님들은 종파를 초월하여 아무 문제없이 함께 잘 지냈다. 나는 우리 한국 수사님을 반갑게 만났는데 그분은 나에게 여기까지 왔으니 창립자인 로제 수사님을 만나 뵙는 것이 어떻겠느냐고 해서 아주 기쁘게 좋다고 대답을 했다. 우리는 그분의 숙소로 향했다. 때마침 로제 수사님이 서너 명의 다른 수사들과 함께 문을 나서다가 우리와 마주쳤다. 한국인 수사님이 나를 그분에게 소개하였다. 그랬더니 로제 수사님은 옆에 있는 서너 명의 다른 수사들에게 그들이 가톨릭 신자인가를 묻더니 우리 모두 멀리 극동에서 온 사제에게 강복을 받자며 맨 땅에 무릎을 꿇는 것이 아닌가 전혀 예상하지 못한 일이다. 이런 일을 겪으면서 나는 두 가지를 깨닫게 되었다. 하나는 함께 살고 함께 일하면서도 서로 가톨릭인지 프로테스탄트인지 잘 묻지 않고 알지도 못하고 있다는 사실이었다. 또 하나는 로제 수사의 겸손이었다. 생면부지의 외국인 사제에게 강복을 청하는 순수한 겸허는 깊은 감동을 주었다. 나는 강복을 청하는 그분들에게 하느님의 축복을 기원하며 사제로서 기쁘게 강복을 주었다.

떼제에 기거하는 사람들의 숙식비는 나라에 따라 조금씩 다르게 책정하였다. 선진국에서 잘 사는 사람은 돈을 더 내고, 개발도상국은 그 다음으로, 그리고 아프리카에서 온 가난한 사람들은 아주 적게, 거의 무료이다시피 차별적으로 내었다. 나는 그곳에 있는 동안 가급적 절제된 생활을 하려고 밥을 적게 먹고 빵과 약간의 과일을 곁들여 먹으며 지냈다. 한번은 시간을 내어 멀리 산보를 나간 적이 있었다. 그런데 무리를 했는지 다음 날 아침에 일어나려는데 허리가 아파서 바로 펼 수가 없었다. 나중에 생각해 보니 그간 영양 섭취가 부족했고 또 습기가 많은 3월 초순의 냉랭한 기후에 제대로 적응하지 못한 이유였던 것 같았다. 얼음은 얼지 않았지만 으스스 뼛속까지 파고드는 냉기가 서린 그런 기후였다. 내가 허리를 제대로 펼 수 없다는 것은 불편함만 주는 것이 아니라 한편으로 큰 걱정을 안겨 주었다. 만

일 호전되지 않으면 객지에서 불시에 불구의 몸이 되어 나는 모든 일
정을 포기하고 곧바로 한국으로 가야 하는 것이 아닌가. 그 후 약 보
름이 지난 후 파리 외방선교회로 돌아와 따뜻한 방에서 지내며 제대
로 음식을 먹으면서 다행히 회복이 되었다.

떼제 공동체는 떼제 성가로도 유명하다. 포콜라레도 많은 노래를
작곡하고 부르는 것처럼 떼제도 묵상을 위한 짧은 말씀을 만트라
Mantra처럼 반복하여 부르는 성가이다. 그 해 여름 귀국하여 삼년
만에 다시 본당을 맡으면서 교우들에게 즉시 떼제 성가를 가르쳐서
함께 부르기 시작하였고 가는 곳마다 보급하여 지금까지 계속 이어
지고 있다.

좋은 노래는 사람들의 마음을 승화시키고 사로잡는다. 음악은 단
순히 순간적 흥을 돕는 것 이상으로 정서적 및 지적 개발에 도움을
준다고 한다. 특히 감성이 예민하고 풍부한 젊은이들을 사목하려면
좋은 노래가 필수라고 생각한다. 교회가 좋은 노래와 음악을 보급하
는 것은 당연한 일이다. 떼제 성가의 멜로디는 젊은이들의 취향에도
부합하고 단순하여 반복할수록 영혼을 흔들어 깨우며 깊은 내면의
세계로 인도하는데 아름다운 곡들이 많다. 감각적인 빠른 비트가 세
계적으로 유행하는 시대인데도 내면에 깊은 울림을 주는 떼제 음악
을 선호하는 젊은이들 많다는 것은 놀라운 현상이다. 요즘 고전 음악
을 새롭게 해석하여 내놓는 그레고리안 성가풍의 노래가 다시 인기
를 끄는 현상이 일어난다고 한다. 나날이 정서적으로 황폐해지는 시

대에 새로운 감각과 선율로 매력적인 감흥을 일으키는 좋은 노랫말과 곡들은 교회의 미래 세대에게 매우 바람한 일이다.

떼제에는 여러 나라 사람들이 모인다. 여러 나라 사람들이 모이니까 여러 나라 말이 오간다. 매일 세 차례 모이는 성당에서도 한 가지 말로만 성경을 읽지 않고 적어도 두세 가지 말로 성경을 낭독한다. 그리고 성당 밖에서도 여럿이 모이다 보면 자연스럽게 그룹이 형성이 되는데 비록 국적은 다르지만 누군가가 통역을 맡으면서 토의를 하게 된다. 주로 불어, 스페인어, 영어, 독일어나 이태리어가 오가는데 소통에 큰 지장이 없다.

떼제 공동체에 머무르는 동안 허리에 병이 생겨서 한 5일 동안 스위스의 주네브Geneva에 간 적이 있다. 스위스는 마닐라에서 만난 어느 아피AFI(국제 가톨릭형제회) 회원의 초청으로 휴식을 취하려고 간 것이다. 주네브는 많은 국제기구가 있는 도시로서만 아니라 장 칼뱅(1509-1564)이 활동한 이른바 종교개혁의 중심도시로서의 특색이 지금까지도 남아 있는 도시다. 가령 옛 고딕 양식의 성당 건물 대부분은 개신교 건물이고 새로운 현대식 교회건축물은 가톨릭의 성당이다. 당시 개혁 세력이 성당을 압수한 결과라 한다.

이른바 종교개혁이 주류 사상으로 승승장구하던 시절에 절대 권력을 가졌던 칼뱅은 다른 관점을 가진 사람을 용납하지 않았다. 그는 냉정하고 완고한 인물로 주네브를 개신교의 도시로 만들기 위해 자신과 다른 생각을 지닌 시민에게 노골적인 폭력을 가했다. 완벽을 추

이미는 목사가 칼뱅은 사유의 이름으로 그리고 하느님의 이름으로
신정정치를 시도하며 자신의 뜻을 따르지 않는 가톨릭 신자들을 화
형으로 죽였다. 칼뱅의 사상을 받아들여 개신교를 따르기로 한 성서
학자이며 인문학자 카스텔리오Castellio Sebastian마저 칼뱅의 극악
무도한 폭력성에 대항하며 모든 인간은 자유와 양심에 따라 살아야
한다고 주장하였다. 다양성과 관점이 다른 이를 용인하지 않는 관용
성이 없는 독재자 칼뱅에 맞서 저항하다 카스텔리오는 48살의 나이
로 죽었다. 그의 죽음으로 맺어진 관용의 열매 때문인지 이제는 주네
브에 국제 연합이 탄생하기 전 국제 연맹의 본부가 있었고 다양한 견
해를 조율하는 국제기구가 수두룩하게 모여 있다. 그 중에 나는 세계
기독교 본부를 방문하여 그곳에서 근무하는 한국인 목사님도 만났으
며 세계 전쟁 박물관을 찾았다가 입장료가 너무 비싸 포기하려는데
마음씨 좋은 직원 덕분에 무료입장하여 한국 전쟁에 관한 자료도 보
았다. 스위스는 그때까지 내가 다녀본 나라 중에서 가장 물가가 비싼
곳이었다.

　며칠 후 주네브에서 다시 떼제로 돌아오면서 앞좌석에 앉은 어떤
분에게 여기가 마콩이냐고 물었는데 그가 '위' 하길래 내려 보니 마콩
역이 아니었다. 그래서 거기서 마콩까지 가는데 고생을 했고 그 바람
에 마콩에 도착하여 마콩 성당에서 하루 저녁 신세를 졌다. 다음날
아침 그곳 본당신부와 함께 새벽 미사를 봉헌하는데 명동 성당보다
더 큰 고딕식 성당 건물이었지만 아침 미사에 나온 사람들은 많지 않

았다. 비록 하루 저녁이지만 침실에 수도가 없었고 옛날 생활방식대로 살아가는 그곳 신부님의 모습에서 과도기라고 해야 할지, 옛것과 새 것이 공존하는 프랑스 시골의 교회 모습을 주마간산으로 보면서 묘한 심정이 들었다.

"그러므로 하늘나라의 제자가 된 모든 율법학자는 자기 곳간에서 새것도 꺼내고 옛것도 꺼내는 집주인과 같다."(마태 13, 52)

독일과 로마

정녕 주님을 경외함은 지혜요 교훈이며
믿음과 온유야말로 주님께서 기뻐하시는 것이다.

집회서 1:27

꿈에서나 일어날 만한 일

학생들에게 불어대는 입시열풍이 국·영·수 과목에만 중점을 두면서 역사에 대한 교육을 등한시하고 있어 미래를 걱정하게 만든다. 한 인간이 걸어온 삶은 그 사회와 나라의 영향을 받지 않을 수 없고 한 나라는 그 시대의 세계사적 흐름과 무관할 수 없다. 인간이 역사에서 교훈을 얻지 못하면 같은 실수를 계속 반복하게 되는데 왜 똑같은 잘못을 되풀이하면서 살아가는 것일까? 사람은 생각하고 상상하고 그 상상을 뛰어 넘는 초월의 세계로 나아가도록 정향되어 있는 존재다. 우리나라가 기억을 쌓고 그 기억을 확인하는 시험에 매달려 창의성 키우는 교육을 하지 못한다면 세계인을 앞장서기는커녕 뒤따르는 것도 힘겨울 수 있다. 진보적인 삶은 진보적인 교육에서 나오는 것이 아닐까.

떼제 공동체를 뒤로 하고 파리 외방전교회에서 휴식과 요양으로 허리 병을 치유한 후에 나는 잠시 자유 방랑객이 되어 이태리와 독일을 여행 할 기회를 얻었다. 그중에 잊지 못하는 것은 로마 성 베드로 대 성전 광장에서 부활 미사에 참석할 수 있는 기회가 온 것이다. 세계 각처에서 온 수많은 인파 중에 하나가 되어 성대한 부활을 지낸 것은 커다란 은총이었다.

하느님이 주신 인연으로 알게 된 사람의 도움을 받아 독일의 뒤셀도르프에서 잠시 머물며 그 깨끗한 도시와 거기서 멀지 않은 이웃 벨기에 있는 '반뇌Banneux 성모 발현 성지'를 순례하였다. 반뇌 성모 발현 성지를 방문 했을 때 한국 수녀님도 한 분 계셨다. 반뇌의 성모님을 처음 알게 된 것은 나의 첫 본당인 태안에 있을 때 벨기에서 공부를 하시던 선배 신부님께서 내가 있는 태안 본당에 꽤 큰(실물보다 조금 작은) 반뇌의 성모상을 기증해 주셔서 소중하게 받았다. 그 성모상을 본당에서 가장 좋은 곳에 모셔놓았는데 이제 반뇌의 성모 발현지를 방문하게 되었으니 옛 추억이 스멀스멀 떠오르는데다 우리나라 수녀님을 만나 반뇌의 성모 발현에 대한 이야기를 들었으니 감회가 깊을 수밖에 없었다. 그리하여 성모님께 나의 일정을 축복해 주십사 기도했다.

그리고 네덜란드의 암스테르담과 유명한 튤립밭과 튤립공원도 보는 행운을 얻었다. 한 송이 작은 튤립이 피어올라 스스로 빚어낸 자립의 색깔이란 이렇게 하늘나눌 수 있나른 것을 알려주는 것 같았다. 그리스 신화에서 만들어진 튤립의 꽃말은 색마다 달라 모두 사랑과 연관되어 있다고 한다. 빨간색은 사랑의 고백, 노란색은 바라볼 수 없는 사랑, 하얀색은 실연, 보라색은 영원한 사랑이다. 튤립밭이 마치 우리나라의 배추나 무밭처럼 그렇게 드넓은 들에서 많이 재배되고 있었는데 튤립이 한 때 부의 상징이었고 그로인해 마치 전쟁처럼 투기를 한 적 있었다니 잘 믿어지지 않았다.

튤립에 얽힌 역사를 보면 17세기 동양 무역으로 돈을 많이 벌어들인 네덜란드가 터키로부터 수입하는 튤립이 수요가 많아 터무니없이 가격이 폭등하였다. 튤립 구근 하나의 값이 양 12마리, 돼지 8마리, 비쌀 때는 집 한 채와 맞먹는 값이었다고 한다. 이렇게 튤립이 유럽 부자들의 재산적 상징으로 유행하면서 꽃과 구근을 비싼 가격에 산 사람들이 가격을 올려 또 매각하면서 값이 엄청나게 부풀어 오르는 투기를 계속하다가 모두가 망해버리는 결과를 낳았던 것이다.

아름다움을 독점하고자했던 인간의 욕망이 자본과 합하여 만든 비극이 아닐 수 없다. 그렇다면 오늘날에는 그런 일이 사라졌을까? 튤립전쟁과 같은 또 다른 형태의 금융자본 상품을 사고파는 선물투자는 버블경제의 온상이 되고 있다. 이 시대에도 튤립처럼 아름다운 가면을 쓰고 자본의 세계전쟁이 계속되건만 사람들은 투기를 멈추지 않고 투기를 향해 달려가고 있다. 수년전(2008년) 전 세계 경제를 뒤흔들어 파탄으로 몰아넣고 수많은 사람들에게 피해를 입힌 미국의 리먼 브라더스Lehman Brothers 의 파산사건이 바로 이를 여실히 보여준다. 심미주의를 탐했던 사람들이 스스로의 한계를 알아차리기 바라던 섹스피어는 그의 소네트에서 이렇게 말했다. '아름다움을 너무 추구하지 마라 그대의 눈이 멀까 염려하노라.' 여행은 보통 짧은 시간에 많은 정보를 주고 견문을 넓혀 상상의 힘을 불어넣어주는 좋은 선생임이 분명하다.

이야기를 잠시 뒤로 돌려 미국의 뉴저지에서 머물고 있을 때 어느 날 여행을 오신 꽤 연세가 드신 수녀님이 나에게 구경을 시켜달라고 청하였다. 그래서 어디에 가보고 싶으냐고 물으니 플로리다Florida 에 가고 싶다기에 나도 가고 싶지만 이곳에 온 지 얼마 안 되어 지금은 어렵고 방학이 되면 그 때 생각해 보자고 대답을 하였다. 그리고는 시간이 지나 까맣게 잊고 있었는데 어느 날 그 수녀님께서 지금 방학 중인데 왜 약속을 지키지 않느냐고 재차 물으셨다. 그래서 급하게 비행기표를 샀다. 그리고는 플로리다에 가서 며칠간 도움 받을 만한 사람들을 알아 봤으나 여의치 않았다. 떠나기 전날 저녁 난감한 마음으로 내일 걱정을 하고 있는 중에 내가 전혀 모르는 사람한테서 전화가 왔다. 그분이 전화를 건 목적은 자기는 평신도이지만 옛날 고향 친구 중에 신부님이 계신데 그 친구 신부와 전화를 하던 중 동창 신부인 나에 대한 얘기를 하고 내 전화번호를 알아서 전화를 하는 것이라고 말했다. 나는 생면부지의 사람으로부터 받은 전화에 감사하

년시 무는 날 늘에 내일 플로리다에 간다는 말을 하였다. 그랬더니 그 분은 올랜도Orlando에 있는 자기 모텔로 오라는 것이었다. 자기는 지금 죠지아에서 전화를 하지만 이틀 후에 올랜도에 가겠다는 것이다. 세상에 이렇게 반가울 수가 있을까? 이런 극적인 우연이 일어나다니, 오, 하느님! 감사합니다. 소설이나 꿈속에서 일어나는 일이 나에게도 일어나다니!

수녀님과 나는 아무 걱정 없이 예정대로 다음날 올랜도 공항에 내렸는데 약속대로 뚱뚱한 미국인이 우리를 마중 나와 있었다. 우리는 갑자기 은인이 된 사람의 모텔에 묵으면서 도움을 받았다. 그리고 그 모텔의 매니저가 이미 작은 차 한 대를 임대하여 준비해 놓아서 우리는 그 차를 타고 다음 날 디즈니 월드Disney World를 비롯해 이곳저곳을 마음대로 갈 수 있었다.

디즈니 월드는 과연 명불허전名不虛傳이었다. 하루 이틀에 돌아볼 수 없이 엄청나게 큰 규모였다. 미국의 자본과 과학과 상상력이 총 동원된 느낌이었다. 사진에서 많이 본 매직 킹덤Magic Kingdom도 좋았지만 특별히 에프캇 센터Epcot Center는 학생들의 상상력을 자극시키는데 좋은 전시관이었다. 입구에서부터 상상력을 발휘하라, 상상력을 발휘하라… 이렇게 계속 이어지는 노래는 과학의 발달과 상상력이 얼마나 깊은 관계가 있는지를 보여주었다. 따지고 보면 상상력이란 인간을 삼차원, 사차원으로 날아갈 수 있게 하는 인간만이 가진 능력이 아닐까. 만일 인간이 상상력이 없다면 얼마나 따분하며 단조로운 삶이 될 것인가. 끔찍한 현실만 이어지는 세상을 상상해 보지만 상상이 안 된다. 인간의 찬란한 문화는 물론 초월적인 하느님과 소통할 수 있는 능력은 어디서 온 것일까? 아이들에게 상상력을 키워주어야 하지만 그것이 지나치게 환상이 되지 않게 다듬어 주는 교육 또한 필요하다는 것을 재삼 확인하였다.

나는 그때 40대 초반이었고 여행 동반자인 수녀님은 60대 후반이었다. 연령과 성이 다르다는 것은 관심사가 다르다는 것을 몸으로 깨닫게 해 주었다. 내가 보고 싶은 것이 그분에게는 별로이고 그분이 보고 싶은 것이 내게는 흥미가 없었다. 예를 들어 케이프 캐내버릴Cape Canaveral 케네디 우주선 발사대(Launching Pad)의 전시장에서 많은 로켓들을 더 주의 깊게 보고 싶은데 수녀님은 그런 것들에게 아무런 관심이 없는 그런 식이었다.

갑자기 뒤로 돌아갔던 내 상상력을 앞으로 돌려 제자리로 돌아와 유럽에서 4개월 남짓을 살고 남은 기간에 다시 미국과 일본을 거쳐 3년 만에 다시 고국으로 돌아왔다.

종전 기념 미사?

일본은 우리의 이웃나라지만 방문한 적이 없었는데 마닐라의 EAPI에서 만난 유일한 일본인 평신도가 나와 비슷한 연배이었는데 그 동기생의 초청으로 일본을 처음 방문하게 되었다. 그리하여 일본 천주교의 실태를 처음으로 조금 살펴볼 수가 있었다. 당시 방문한 곳은 보교에서 북북으로 너 올라가야 하는 작은 도시로 제 2차 대전 때 폭격을 당하지 않았다는 곳이다. 그 본당은 주일 미사에 100명을 겨우 상회하는 신자가 참석하여 한국에 비하면 작은 본당이었지만 거기서는 큰 본당으로 주임신부님과 보좌 신부님이 계시고 학교까지 있어 갖출 것을 두루 잘 갖추고 있었다. 나를 초대한 EAPI의 동기는 그 학교에서 영어를 가르치는 선생님이었다.

며칠 후 나는 그 본당을 떠나 오사카로 내려왔다. 마침 오사카에서 광복절을 맞아 오사카 대성당으로 미사참례를 갔다. 그런데 제대 옆에 한자로 '종전기념終戰紀念미사' 라는 글귀가 있었다. 미사를 집전하는 신부님도 검정 제의를 입었고 복사 역시 마찬가지로 검은 색깔 옷을 입어 틀림없는 연미사였다. 너무 충격적이었다. 우리나라의 성대하고 화려한 성모승천 대축일 미사를 예상하고 참석한 미사가 몇 명 되지도 않는 썰렁한 분위기에서 드리는 종전 기념 미사라니! 참으로 실망스러웠다. 일본어를 모르기 때문에 더 깊이 상세하게 파악할 수는 없었지만 지금까지 나에게는 수수께끼가 아닐 수 없다. 내가 참석한 그 미사만 그런 것인가, 아니면 그날 미사는 다 종전 미사인가, 일본인들에게 8월 15일 성모승천 대축일은 과연 어떤 축제로 지내는 날일까? 아직도 일본 교회가 지향하고 있는 성모승천 대축일에 대한 수수께끼가 풀리지 않아 궁금하다.

"우리의 압제자들이 흥을 돋우라 하는구나. 자 시온의 노래를 한가락 우리에게 불러 보아라. 우리 어찌 주님의 노래를 남의 나라 땅에서 부를 수 있으랴? 예루살렘아, 내가 만일 너를 잊는다면 내 오른손이 말라 버리리라."(시편 137, 3-5)

최근 일본의 극우 성향이 정권을 잡은 뒤로 주변 국가들과의 갈등이 심상치가 않다. 특히 20세기 역사적 인식에 대한 큰 차이와 마찰은 동북아의 또 다른 불안 요소가 될 가능성을 키울 것 같아 걱정이다. 동 아시아 혹은 적어도 동북아 국가들이 민족과 국경을 초월하면서 서로 공유할 수 있는 역사적 가치는 무엇일까? 분쟁의 요인들을 해소하기 위해 정치인과 학자들이 함께 평화와 진실을 추구하겠다는 합의를 이끌어내는 작은 유엔UN같은 기구를 조성할 수는 없을까? 안타깝기 그지없다.

"주님, 당신께서는 당신 땅을 어여삐 여기시어 야곱의 운명을 되돌리셨습니다."(시편 85, 2)

가수원佳水原 본당(루르드의 성모 성당)

돌뿐이 마을

사도세자를 아버지로 두어 아버지를 맘껏 부르지 못하며 자란 이산李祘은 우여곡절을 거쳐 결국 용상에 올랐다. 왕권을 튼튼히 세우고 나라를 개혁하고자 했던 조선의 22대 왕 정조가 1800년 6월 마흔 아홉이라는 젊은 나이로 붕어하자 정약용은 창경궁 홍화문 앞으로 달려갔다. 끝내 하늘이 무너지고 말았구나 하며 '상上께서 승하하시던 날 삼각산이 울고 고을에서 벼가 하얗게 죽어버렸다.'하며 슬픔을 가누지 못했다. 규장각 주합루 옆 서향각에 모신 어진御眞이라도 뵙고 싶어 들어가려 했지만 각지기가 들어가지 못하게 막았다. 정약용은 그리운 임금님을 그림으로라도 뵐 수 없게 되었다. "이제 정녕 꿈에서만 뵐 수 있는 것이옵니까?” 정조가 승하하고 11세의 어린 나이로 순조가 왕위에 오르자 정순왕후가 수렴청정을 하게 된다. 그러자 순조 1년 천주교 금지령을 다시 발령하여 오가작통법으로 혹독한 신유박해(1801년)가 시작되었다. 지난 신해박해(1791년) 때만 해도 천주교인은 조용히 숨죽이면서 살아가고 있었지만 이제 그럴 여지도 잃었다. 어디론가 사람들의 눈을 피해 외진 벽지로 남몰래 고향을 등질 수밖에 없었다. 우리 선조도 그즈음 잡혀가 모진 고문을 받느니 포졸들의 눈에 띄지 않는 산속 오지로 갔으리라.

천주학쟁이의 후손인 아버지께서는 조선의 26대 왕이요 제1대 조선의 황제로 등극한 고종(1863-1907)의 재위가 끝나기 몇 년 전에 충청지방 계룡산 자락의 어느 골짜기 천주교 교우들만 사는 ‘돌뿐이’ 란 작은 동네에서 4대째 천주교 신자로 태어나셨다. 계룡산은 현재 삼군 본부가 있는 계룡대를 감싸고 있고 그 너머에는 갑사와 신원사가 있다. 돌뿐이란 곳은 신원사와 그리 멀지 않은 공주시와 논산시의 경계인 상월면에 위치해 있다. 내가 어려서 아버지 손에 이끌려 가 본 돌뿐이 공소는 그야말로 온통 돌 속에 있는 듯하였다. 길도, 산도, 몇 채 안 되는 초가집도, 낡고 허물어져가는 공소 집도 돌로 둘러 싸여 있었다. 그리고 마을 앞뜰에 흐르는 벽계수도 크고 작은 돌 위로 잔잔한 소리를 내며 흐르고 있었다. 호구戶口도 많지 않은 산골 오지에서 학교는 말로만 들었을 뿐 한 번도 다녀 본 적이 없다는 말씀을 아버지로부터 들었다. 더구나 어린 나이에 아버님(나에게는 조부)을 여윈 상태에서 그 옛날 배움은 년삼생심爲取生心이었다. 그럼에도 한글을 깨친 것은 물론 웬만한 한자도 아셨다. 어떻게 그럴 수 있었을까? 바로 천주교 신자였기에 그랬다. 어른들은 아이들 옆에 앉아 입전으로 경문(기도)을 가르칠 시간적 여력이 없으니 먼저 한글을 터득하게 한 것이다. 이것이 교회가 문맹퇴치에 끼친 공적이다.

후에 아버님은 목수가 되시어 작은 목공소를 차려 소목으로 일하셨다. 작은 목수간에 만들어놓은 수차水車(염전이나 논에서 낮은 곳에 있는 물을 사람이 올라가 걸으면서 높은 곳으로 퍼 올리는 장치)는 놀 공간을 다 빼앗았지만 그것을 돌리는 놀이를 하며 그걸 만드신 아버님을 대견하게 생각하였다.

생각해 보면 아버님은 참으로 온화한 분이셨다. 어쩌다가 형님들로부터 한두 번 손찌검을 받았으나 아버님으로부터는 단 한 번도 그런 적이 없었다. 비록 저녁에 너무 빨리 잠든 나를 깨워 만과를 바치게 하는 것이 귀찮게 여겨지기도 하였지만 중학교에 들어와 어머님께서 일찍 선종하시자 아버님께서는 일 년 동안 매일 만과 후에 연도를 바치게 해서 만과와 연도 두 가지를 다 외우다시피 했다. 또 내가 신학교에 들어간 것을 겉으로는 표현 안 하셨으나 속으로는 흐뭇하게 생각하신 것을 나는 알고 있었다. 그러나 신부가 되기 6개월 전에 귀천하셨다. 이런 아버님의 삶을 잘 대변하는 성경말씀으로 마태오 복음 5장 5절의 "행복하여라. 온유한 사람들! 그들은 땅을 차지할 것이다." 란 말씀을 묘비에 새겼다.

세월이 지나 어려서 얼핏 본 돌뿐이란 곳을 가 보았다. 그러나 반세기가 훌쩍 지나서 가본 돌뿐이 마을의 옛날 모습은 찾을 수가 없었다. 우선 마을 이름부터가 변했다. 석촌石村이란 딱딱한 한자말로 둔갑해버렸고 옛 자취는 온데 간데 없이 변해 사라져 버렸다. 남은 것은 어쩌면 거기서부터 흘러나온 신앙인지 모른다.

어깨춤이 절로절로

가수원 본당은 본래 진잠 본당에서 나온 본당이다. 진잠 본당이 커져서 자연적으로 분가되어 나온 것이 아니고 진잠보다 가수원동에 당시 주민과 교우들이 훨씬 많았기에 전임 신부님께서 먼 거리는 아니지만 진잠에서 가수원으로 본당을 옮긴 것이다.

우리 103위 순교 성인 중에 진잠 출신 성인이 두 분 계시다. 이분들은 병인년(1866년) 박해 시에 순교한 한 원서 일명 재권(요셉)과 정원지(베드로)성인이다. 그렇다면 진잠에는 일찍부터 천주교를 받아들인 교우들이 살고 있었을 확률이 매우 높다. 이분들이 어디에서 누구로부터 천주교를 알게 되었고 또 입교했을까? 어쩌면 인근 계룡산 속에 있는 교우촌일 확률도 배제할 수 없다.

가수원 본당은 성당 건물도 사제관도 없었다. 사제관과 수녀원은 전세 아파트였고 성당으로는 40평의 작은 지하상가를 임대해 사용하였다. 40평 중에 제단과 고해소로 할애된 공간을 빼면 30평도 채 안 되는 좁은 공간에 과연 몇 명이나 들어갈 수가 있을까? 그때처럼 작은 공간에 많은 사람들이 모인 것을 본 적이 없었다.

주일 교중 미사에는 약 200명의 신자들이 미사에 오는데 너무 비좁아 서 있어야 하는 사람도 많았다. 특히 여름철이면 땀과 열기에 숨도 제대로 쉴 수 없고 질식할 정도여서 미사 참례하다가 견디지 못하고 실제로 나가는 사람들도 있었다. 그리고 장마철에 비가 좀 온다 싶으면 지하실 여기저기서 물이 많이 들어와 매번 물을 퍼내야 하는 번거로운 일이 일어났다. 어쩔 수 없이 주일이면 이웃에 있는 회사의 큰 강당을 빌려서 사용하였다. 그리하여 본당 교우 전체가 보따리를 싸서 이웃에 있는 소주 회사의 강당으로 이동을 해서 미사를 봉헌하였으니 그야말로 옛날 광야에서 순례하는 이스라엘처럼 정말 순례하는 교회임을 몸소 실현하는 본당이라고 스스로 위안을 삼았다. 실상 교회의 본질은 어느 한 곳에 정착하여 안주하는 것이 아니다. 이스라엘이 광야에서 가나안을 향해 전진하고 순례하는 것처럼 순례하는 이미지를 잃지 말아야 한다. 그래야 진정한 교회의 모습을 보여 줄 수 있다.

아무튼 너무 불편한 신앙생활에 대해 많은 사람들의 불평불만이 나오지 않을 수 없었다. 그런 신자들을 바라보는 입장으로서 언제까지나 이런 상태로 버텨나갈 수는 없었다. 어떤 대안을 마련해야만 하였다. 하지만 근처에는 마땅한 건물이 나오지 않고 멀리 다른 곳으로 갈 수도 없는 형편이었다. 남아 있는 해결책으로는 성당을 신축하는 일이었다. 그래서 본격적으로 새 성당을 짓는 계획을 세웠다.

사실 이미 오래 전부터 본당 관할에 교구 소유로 된 900평의 직사각형인 절대 농지(쌀논)가 있었는데 마침 절대란 말이 빠지고 그 아래 단계로 분류가 되었다. 여기에다 성당건물을 짓는 일인데 건축허가를 얻어야 하는 일이 녹록치 않았다. 그래서 이 때문에 여러 가지 힘든 과정과 많은 시간이 소요되었으나 마침내 건축허가를 받아서 드디어 성당 신축을 하게 되었다.

대지는 논바닥이기 때문에 지반이 약하고 또한 주변 환경과 미래를 내다볼 때 영구 건물로는 적합하지 않았다. 그래도 사용하는 동안은 하자가 없도록 에이치 빔H Beam 철근을 사용하여 이층 조립식으로 튼튼하게 지었다. 아래는 주방과 강당에 방 두 개가 있고 위층은 전체가 다 성당이다.

일반적으로 성당을 짓는 공동체는 자체 본당 교우들이 우선 많은 성금을 내야하고 이도 모자라면 여러 본당을 돌아다니며 모금해야하는데 애를 먹는다. 물론 의미와 보람을 가지고 하는 일이지만 교우들의 어려운 살림살이에 부담이 되고 모금하려면 노고가 이만저만 힘겨운 것이 아니다. 그런 실정을 감안하여 성전 건축을 위해 신립이나 모금운동을 벌이지 않았다. 처음부터 많은 예산을 들여서 큰 건물을 신축하려는 것이 아니었기 때문이다. 그렇게 함으로써 타 본당에 가서 애걸하며 모금하는 것을 피할 수 있었고 교우들에게 크게 부담을 주지 않았는데 이런 방법은 참 바람직한 시도였다. 아무튼 성당을 다 완공하여 입주할 때 교우들이 얼마나 기쁨에 가득 찼던가! 노래와 춤시 길로 니있미.

"주님께서 집을 지어 주지 않으시면 그 짓는 이들의 수고가 헛되리라."(시편 127, 1)

"주님의 집에 가자 할 때 우리는 몹시 기뻤노라."(시편 122, 1)

새 성당은 이전에 사용하던 지하 강당보다 두 배 이상이나 더 큰 것은 말할 것도 없고 내부를 아름답게 장식하여 보통 성당과 아무런 차이가 없는 훌륭한 성당을 갖게 되었으니 교우들은 절로 어깨춤이 나올 만하였다. 이 성당은 새 성당으로 이전 할 때까지 15년 이상 아무런 하자 없이 잘 사용한 것으로 안다. 그러나 나는 가수원동 본당을 떠날 때까지 아파트에 살면서 매일 성당으로 출근을 하였다. 본당의 수녀님들도 마찬가지였다. 당시의 내 계획은 새 사제관을 성당 옆에 짓고 싶었지만 임기도 다 되고 여러 가지 사정상 결국 실현되지 않았다.

가수원 본당에서는 사제관이 없어서 처음부터 줄곧 전세 아파트에서 살았다. 세를 살면서 성가신 것 중 하나는 아파트 집 주인이 집을 팔 경우 다른 아파트로 이사를 가야하는데 이미 두 번이나 이사를 했다. 그런데 이런 번거로운 일이 뜻밖에 당시 구하기 힘든 아파트를 구입하면서 해결되었다. 우리 신자 중에 한 젊은 자매님이 앞 동 아파트에 살고 있었는데 암이 온 몸으로 전이되어 큰 절망과 비관에 빠져 어느 날 새벽 아파트 창문에서 뛰어내렸다. 너무 안타까운 사건이었다. 그런 일을 사전에 조금이나마 눈치를 챘더라면 이런 비극을 막기 위해 찾아가 대화를 나누었을 텐데 사목자로서 그렇게 하지 못한 것이 깊은 회한과 아쉬움으로 남는다.

교회는 한 때 자살한 사람들을 위한 미사를 거부한 적이 있으나 이제는 꼭 그렇지 않다. 옛날에는 자살의 원인을 너무 단순화하여 해석하였다고 본다. 병리학이나 심리학의 발달은 우리의 지평을 넓게 만들어 주었다. 절망적 우울증에 빠진 사람의 정신상태도 암이나 다른 몹쓸 질병처럼 극복하기 힘든 일종의 병이라는 것을 알게 되었다. 그 괴로움은 오직 당사자와 하느님만이 아시는 일이겠지만 우리는 그분들에게 깊은 애도의 기도와 가족들에게 위로를 해야 할 것으로 안다.

우리나라는 세계에서 자살률이 가장 높은 불명예의 나라이다. OECD(경제 개발 협력기구) 국가의 평균 자살률의 3배라고 한다. 하루 40명 이상의 사람들이 자살을 하고 있는데도 국가나 교회마저도 심각하게 여기며 조직적으로 신경을 쓰는 것 같지가 않다. 만일 하루에 40명씩 죽는 전염병이 만연되어 있다면 어떻게 할까? 그래도 정부는 팔짱을 끼고 있을 수 있을까? 왜 이리 둔감한 것인가? 자살을 오로지 개인적인 탓으로만 돌리기 때문이 아닐까. 물론 개인적인 이유를 무시할 수 없지만 그 원인 제공을 한 우리 사회가 함께 책임을 가져야 하는 것이다. 그리고 인간의 생명을 가장 소중히 여기는 교회 역시 영성적 측면에서 자살 예방을 위해 적극적으로 발 벗고 나서야 한다. 모방 자살을 줄이고 삶의 가치를 심어주고 우리 사회가 희망적인 모습을 보이도록 해야 한다. 그러기 위해 정부, 교회, 학교 또 여러 단체들이 힘을 모아야 할 것이다.

치열한 경쟁만이 우리가 발전하는 길이 아니고 협동하는 방향으로 전환시키는 운동과 소통을 쉽게 할 수 있는 열린사회를 만들어야 한다. 여하튼 자살자가 다른 나라에 비해 월등히 많다는 것은 그 사회가 총체적으로 잘못되어 있다는 단적인 표징이다. 무엇보다도 경쟁을 부추기는 사회 그리고 정부의 책임과 그 많은 교회와 학교 교육의 책임이 크다고 하지 않을 수 없다.

다시 아파트 이야기로 돌아가서 신자가 아니었던 남편은 이런 비극을 겪고서 살던 아파트를 내놓았다. 그는 매일 저녁마다 그렇게 비극적으로 목숨을 끊은 아내가 생각나서 힘들었으리라 본다. 사실 자살은 한 가족 전체가 자책감으로 죄인 아닌 죄인이 되는 것이다. 그리고 이런 끔찍한 소문은 삽시간에 퍼져 내놓은 아파트가 잘 매매가 되질 않았다. 마침 이때 우리 본당이 죽은 자매의 남편과 아파트 매매에 대하여 연결이 되었다. 그리고 죽은 자매의 남편은 기꺼이 시세보다 싼 값에 아파트를 우리에게 넘겼다. 그 뒤로 나도 본당을 떠날 때까지 아파트 때문에 이사 가는 번거로움 없이 한 곳에 머물러 살 수 있었다.

철조망 뚫고 문내기

당시 가수원 본당 신자들 대부분은 계룡 아파트와 은아 아파트에 거주하고 있었다. 나 역시 은아 아파트에 살고 있으면서 다른 어느 곳보다 이 두 아파트 단지를 방문하는 기회가 많았다. 다행인 것은 이 두 아파트가 울타리 하나를 경계로 서로 붙어 있었다. 그러나 불편한 것은 두 아파트 사이를 왕래하려면 빙빙 돌아서 정문을 통과해 갈 수밖에 없어 적어도 10분은 걸렸다. 이런 불편을 줄이려고 두 아파트 사이에 있는 철조망에 커다란 개구멍이 생기게 되었다. 그래서 많은 사람들이 자신의 점잖은 태도를 잠시 유보하고 이 지름길을 이용하였다. 그러나 아파트 당국은 다시 더 단단하게 철조망을 보수해서 못 다니게 하곤 하였다. 그러다가 얼마간의 시간이 지나면 또다시 개구멍이 생기고 사람들은 이 지름길을 이용하였다. 이런 일이 반복해서 생기는 것에 사람들은 조금씩 불평불만이 생기기 시작하였다. 더구나 일분이면 갈 수 있는 이웃끼리 10분을 걸어가는 것이 한 여름이나 한 겨울에는 시간 낭비이며 귀찮고 짜증나는 일이었다. 그러나 사람들은 적극적으로 나서서 해결할 기미를 보이지 않았다. 이 문제를 해결하고 싶어서 나는 교우들을 중심으로 아파트 단지와 단지를 막아놓지 말고 문을 내어 보다 편리하게 살자는 전단지를 만들고 연판장을 돌려서 서명을 받도록 했다.

"우리는 어려서부터 우리의 소원은 통일이라는 노래를 부르며 자라왔습니다. 그러나 남북통일은 저절로 되는 것이 아니고 쌍방이 적극적인 마음으로 문호를 개방하는 데서부터 시작할 수 있습니다. 그런데 우리 동네는 이웃 아파트 주민 간에 쉽게 드나드는 문 하나 만

늘시 놋하면서 어떻게 남북통일을 입에 담을 수 있겠습니까? 계룡과 은아 아파트 사이에 있는 울타리에 문을 내어 시간을 절약하고 편리하게 살기를 원하시는 분들은 서명해주시기 바랍니다."

대강 이런 문안이었다. 당시에 남북대화가 희망을 주며 진행 중이었기에 그런 내용에 잘 수긍을 한 것 같았다. 결과는 성공적이어서 많은 주민들이 원하는 문이 정식으로 만들어졌다. 이것은 비단 아파트 단지 간의 문을 만드는 일에만 해당되는 일이 아닐 것이다. 사람과 사람 사이, 공동체와 공동체를 갈라놓는 많은 담과 벽을 헐고 왕래를 도모하고 대화와 소통을 해야 한다. 오늘날 우리 사회는 남북만 아니라 동서 간에도 선거 때가 되면 첨예한 차이와 대립이 드러나고 있다. 지연, 학연, 보수, 진보, 빈부, 세대 등 많은 격차를 조장하면서 곳곳에 담이 둘러쳐있다. 물론 격차나 갈등이 전혀 없는 사회는 없겠지만 그것이 일종의 관례이기 때문에 당연한 것으로 또는 지나친 이해관계 때문에 어쩔 수 없이 내버려 두어도 되는 것인가? 보이는 벽을 부수고 문을 내듯이 보이지 않는 마음을 열게 하고 대화의 문을 여는데 종교가 과연 촉매작용을 얼마나 해왔고 앞으로 할 수 있을까? 꼬여져 가는 남북문제를 풀기 위해서는 열린 마음으로 희생과 인내와 대화의 끈을 놓지 말아야 할 것이다.

그리스도의 십자가 죽음은 하느님과 인간의 모든 장벽을 무너뜨리셨다.

"그 때에 성전 휘장이 위에서 아래까지 두 갈래로 찢어졌다."(마르
15,38)

내가 가수원동에 살면서 성당에 출퇴근 하는 것 외에 개인적으로
가장 많이 찾아 간 곳은 구봉산이다. 구봉산은 문만 나서면 5분 안으
로 갈 수 있는 그리 높지 않은 산이지만 아홉 개의 봉우리를 다 넘는
것은 그리 호락호락하지 않다. 무슨 일에 집중이 안 되거나 시간이
나면 구봉산을 찾았다. 그래서 일주일에 적어도 3-4회씩은 산으로
향했다. 대개는 일주일에 한 번 정도만 아홉 봉우리 모두 걷는 정도
이고 보통 중간에서 되돌아오는 경우가 많았다. 아주 눈이 많이 오는
날이나 너무 더운 날을 제외하고는 거의 일과처럼 치르는 의식 같았
다. 지금 생각하면 너무 과했던 것 같기도 하다. 무엇이든 과유불급
過猶不及이지 않는가. 요즘 무릎에 가끔 이상한 신호가 오면 그때 무
리한 것이 아닌가 하는 생각이 든다. 그렇다고 크게 후회하지는 않는
다. 그런 운동을 통해서 육체적으로 정신적으로 건강에 분명히 도움
을 얻었다고 생각하기 때문이다.

가수원에서 처음 구봉산에 다니기 시작했을 때는 산길이 아주 좁았
고 오가는 동안 거의 사람들을 만나지 않았다. 그러나 산행 4-5년이
지나자 산길이 훨씬 넓어졌고 산에서 많은 사람들을 만나게 되었다.
단시일에 산행 인구가 많아진 것이다. 그만큼 사람들이 건강에 대한
관심이 높아졌다는 것이며 산행이 건강에 좋다는 것이 알려졌다는 뜻

이나. 우리 사회에 일어난 긍정적인 현상으로 받아들일 수 있겠다. 그
런데 산에 사람들이 많이 모이면서 산길이 어느 곳은 신작로처럼 넓
어지고, 산속에 여러 가지 시설들이 세워지고 정자를 짓는 일이 생겼
다. 구봉산에도 없던 정자를 짓기 위해 장비를 운반하느라 많은 나무
를 베어버리고 훼손하는 것을 보았다. 이것은 어느 특정한 산만이 아
니라 전반적으로 그런 것 같다. 어떤 경우에는 수종을 바꾼다고 좋은
아름드리나무를 베어내고 손가락만한 나무를 심는 것을 보고 왜 이렇
게 좋은 나무를 베느냐고 물으면 못들은 체 묵묵하거나 윗사람들이
시키는 대로 할 뿐이라고 대답한다.

　선진국이 되는 기준이 여러 가지겠지만 사람들이 얼마나 나무를
사랑하고 아끼느냐 하는 것도 기준으로 삼고 싶다. 제대로 된 체계적
이고 전문적인 산림관리가 절실하다. 과연 우리나라는 산림관리를
잘 하고 있는가. 물론 지금은 육이오 직후보다 산의 모습이 완전히
달라진 것을 인정하고 산림관리도 나아졌다. 벌거숭이산에서 녹색
으로 우거진 산을 보는 것은 참으로 아름답고 흐뭇하다. 그러나 관료
들은 아직도 산에서 나무를 베어내고 무엇인가 자꾸만 인공적인 시
설을 설치하려고 안달한다는 인상을 금할 수 없다. 마치 연말이 되면
멀쩡한 보도블록을 뜯어내고 새것으로 교체하는 것처럼 사람들을 위
한다는 구실로 지나친 인공시설을 설치하여 자연이 너무 훼손되는
것을 본다. 그런 것들이 정말 산을 위한 것인지 아니면 일감을 만들
어주기 위해 일을 만드는 것인지 잘 모르겠다. 나무를 베기 전에 보

다 철저하게 조사를 한 다음 꼭 수종을 바꾸어야 할 경우와 어쩔 수 없이 나무를 베어야 할 이유를 지방신문에 발표한다면 어떨까?

나무 한 그루를 없애면 미미할망정 공기 중에 그만큼 산소가 감소하게 되어 기온이 오르고 우리의 삶이 메마를 수 있다는 것을 알아야 할 것이다. 산림을 잘 가꾼 나라의 국립공원에서는 어쩔 수 없는 타당한 이유 없이는 나무 한 그루 풀 한 포기 손대지 못하게 하지 않던가. 앞으로 더 많은 사람들이 산을 좋아하고 산행을 하게 될 것이다. 사람들이 자연을 더 가까이 하면서 정서적 안정과 육체적 건강에 도움을 얻고 삶을 풍요롭게 영위할 수 있기 때문이리라.

"의인은 야자나무처럼 돋아나고 레바논의 향백나무처럼 자라리라."(시편 92,13)

뿔 나팔 불며 주님을 찬양하여라

내가 가수원동 본당으로 부임하기 전에 다행히 미국과 캐나다, 필리핀 그리고 유럽의 여러 나라를 견학할 기회가 있었고 포콜라레나 떼제 공동체에서 잠시나마 살았던 체험과 배움을 본당에서 살리고 싶었다. 더구나 마닐라의 EAPI는 전례의 토착화에 매우 큰 비중을 두고 있었다. 토착화는 간단하고 쉬운 일이 아니다. 학문적으로 확고한 이론과 신자들에 대한 적절한 교육 없이 일선 사목에서 잘못 시도한다면 웃음거리가 될 수도 있다. 전례가 복음적인 기준을 벗어나지 않도록 한다는 것은 말은 쉽지만 실제로는 그리 간단명료한 것이 아니기 때문이다. 따라서 전례에 대하여 끊임없는 관심과 연구가 필요하다. 전례의 복음적 의미와 더불어 회중들의 선호가 맞아 떨어지도록 해야 하는 문제는 정말 중요하면서도 어려운 과제일 것이다. 교우들이 왜 성당에 오는지 생각해보자. 한 마디로 미사전례에 참석하기 위해서다. 그렇다면 전례를 소홀히 할 수 없다. 더군다나 오랜 역사를 통해 발전되고 전해 내려온 의미와 상징으로 가득한 전례를 적당히 빨리빨리 해치울 일은 절대 아니어야 한다.

가수원 본당에서 처음으로 미사 중에 떼제 성가를 부르도록 시도하였다. 교우들도 처음 듣는 그 음악에 매료되어 호응을 잘 해 주었고 그 후로 가는 곳마다 떼제 성가가 울려 퍼지도록 하였다. 여전히 묵상을 돕는 좋은 성가로 세계적으로 퍼지기에 나는 부임하는 본당마다 보급하고 있다.

전례의 중요성에 눈을 뜨게 한 계기는 1985년 아프리카 케냐의 나이로비에서 개최된 만국 성체대회에 참석하면서부터다. 그간 정형화되고 경직된 미사만을 보고 또 그런 미사를 봉헌해 왔던 나로서는 그때의 충격은 실로 엄청난 것이었다. 아프리카의 다양한 의상과 더불어 그 특유의 리듬을 살린 노래와 율동을 미사 중에 온 몸(춤)으로 표현할 뿐만 아니라 기쁨에 넘친 박수와 놀라운 환호 소리는 나를 황홀하게 하였다. 이런 미사가 가능하다는 것을 처음 본 것이다. 왜 우리는 그렇게 딱딱한 형태만을 고수해 왔는가? 우리의 문화가 지나치게 틀과 형식에 치우친 때문일까? 세상은 점점 다양하게 변화되어 가는데 우리의 전례는 로마보다 더 로마적인 보수의 모습을 탈피하지 못하는 이유가 무엇일까? 우리의 문화도 옛날에 비해서 빠른 속도로 변하고 있다. 변화에 상응하는 시도는 불가능할까? 아무튼 젊은이들이 미사 전례에 적극적이고 능동적으로 참여할 수 있는 길을 열어 주어야 교회가 더 힘있게 발전 될 수 있을 것이다.

"전례는 교회 활동이 지향하는 정점이며, 모든 힘이 흘러나오는 원천이다."(전례헌장 1장 10항)라고 공의회는 가르친다. 전례를 통해 교회 활동을 보다 극대화 시킬 수 있다는 말이 아닌가. 따라서 빈약한 전례는 빈약한 교회의 모습을 반영하는 것이다. 우리는 미래의 교회를 위해 풍요로운 문화를 바탕으로 보다 풍요룹고 아름다운 전례 발전에 힘을 모아야 할 것이다.

전례를 통해 감동을 줄 수는 없는가. 감동은 꼭 좋은 강론만으로 가능한 것일까. 강론이 없어도 교우들이 지금 거행되는 미사에서 무엇이 일어나고 있는지를 직관적으로 감지하도록 할 수는 없을까. 전례에 대한 말이 나온 김에 더 활성화시키는 방안으로 우선 전례의 의미를 생각해보겠다. 특히 미사전례는 어찌 보면 세상과 천상을 잇는 가교라 할 수 있다. 이는 마치 세상 창조의 맨 처음에 나타난 빛처럼 말이다. '경이로움'을 저술한 주디 카나토Judy Cannado에 의하면 태초의 빛은 우주에서 처음 창조된 것이기에 천상의 영원한 에너지의 영역을 버리고 물질이 되어 시간과 공간의 영역으로 들어왔다고 한다. 그래서 시간 안에 들어온 영원이라는 표현까지 한다. 이제 그리스도

와 미사선례를 보사. 그리스노께서는 "나는 세상의 빛이나."다고 하
셨다. 그리스도의 현존을 드러내는 미사 전례는 그러기에 세상 안에
들어온 천상이라 할 수 있으며 일정한 시간 안에 영원성이 깃들어 있
다고 하겠다. 또 다른 표현으로 미사전례는 영원과 시간의 중간쯤이
나 혹은 적어도 정지된 시간으로 전례가 거행되는 동안 무엇에 쫓기
는 듯 서둘러서도 안 되고 긴장감 없이 지나치게 늘어져도 좋지 않다.
미사 전례가 하느님께 찬양과 영광을 드리는 천상을 닮아서 마음과
생각을 다해 하느님을 찬미하며 영광을 드리는 시간과 장소로 조성하
기 위해서 모든 노력을 다 기울여야 한다. 점점 줄어만 가는 미사 참
석자의 수는 전례 거행을 타성으로 받아들이고 있음을 보여주는 구체
적인 수치가 아닐까? 냉담자를 줄이는 많은 시도 가운데 하나로써 교
리 교육과 더불어 아름답고 거룩한 전례를 발전시켜 나가는 일도 꼭
포함되어야 할 것이다.

"주님을 찬양하여라, 뿔 나팔 불며. 주님을 찬양하여라, 수금과 비
파로. 주님을 찬양하여라, 손북과 춤으로. 주님을 찬양하여라, 현악
기와 피리로. 주님을 찬양하여라, 낭랑한 자바라로. 주님을 찬양하여
라, 우렁찬 자바라로."(시편 150,3-5)

술 마시면 시동 차단

가수원동 본당은 이제까지 살아온 본당 가운데 가장 길게 머물러
5년 반을 살았다. 가수원동 관활 구역은 나의 첫 본당이었던 태안 본

당 다음으로 넓은 지역이었다. 흑석리 방면으로 논산시의 일부인 벌곡면까지 포함되고 지금의 계룡시도 다 포함되었다.

어느 가을날 저녁에 삼군 본부가 있는 엄사면으로 구역미사에 다녀오던 중 계룡지역 내에서 신호 대기를 받고 있었다. 그러다가 녹색 신호가 켜져 막 출발하려는 순간 꽝 하고 내 차가 뒤에서 받혔다. 다른 승용차가 내 차를 크게 들이받은 것이다. 순간 정신을 잃었다. 정신이 들자 내 한쪽 귀에서 요란한 소리가 나는데 내 옆 좌석을 보니 앉아 계시던 할머니는 그대로 계신데 뒤를 돌아다보니 바로 내 뒤에 타고 있던 수녀님이 보이지 않았다. 다시 정신을 차려서 보니 두 명이 타고 있던 뒤 좌석에 한 명만 있고 수녀님이 보이지 않았다. 밤 10시가 가까울 때였으니 밖은 캄캄해서 아무 것도 보이지 않았다. 너무 놀라서 어떻게 무엇을 해야 할지 아무런 생각이 떠오르지 않았다. 그런데 조금 있으니 차 앞에서 신음소리가 나는 것이었다. 그 순간 아, 살아 계시구나 하는 안도감이 들었다. 앞좌석은 안전벨트를 맸지만 뒷좌석에 앉은 사람들은 안전벨트를 매지 않아서 차가 받히는 순간 수녀님이 차 밖으로 4-5 미터 튕겨나갔던 것이다. 물론 수녀님께서 앉았던 창문은 박살났지만 어떻게 그 순간 튕겨 나가게 되었는지 아무리 생각해도 이상했다.

이 사고로 차에 타고 있던 모든 사람들이 부상을 당했고 특히 차에서 튕겨져 아스팔트 위로 떨어진 수녀님은 목을 다쳐 정말 많은 고생을 하셨다. 대전 성모병원에서 몇 달 계시다가 서울로 옮겨서 치료를 받으셨는데 적어도 2년 간은 우유승으로 힘들게 지내셨다고 한다. 내가 입은 이곳저곳의 타박상은 한 열흘 정도 걸려 회복이 되었고 귀에서 나는 이상한 소음도 줄어들었으나 치유 기간이 오래 소요되었다. 귀에서 계속되는 이상한 소음은 귀 속에 있는 물렁뼈가 골절되었기 때문이었는데 완치되기까지 한 두어 달 통원치료를 받아야 하였다. 그 외에 다른 분들 모두 보름 이상 병원 신세를 졌다.

이 사고 원인은 만취한 군인 장교의 과속이었다. 그는 사고 직후 현장을 떠났다가 다음 날 나타난 것으로 기억한다. 처음에는 자기의 과실을 부인하려 했으나 멀리 있던 버스에서 목격한 사람이 있었고 경찰과 헌병이 합동으로 조사를 하면서 결국 자기의 과실을 인정하였고 내 차에 탔던 부상 입은 사람들을 찾아다니며 합의를 보아달라고 사정하였다.

음주 운전으로 인한 피해는 여기서 논할 필요가 없다. 결코 허용해서는 안 되는 일이다. 모든 자동차에 음주 측정기를 의무적으로 부착시키도록 해서 음주한 사람은 절대로 운전석에서 시동이 불가능하게 해야 한다.

수년 전에 내가 살았던 캐나다를 다시 방문했을 때 나는 이상한 면허증을 본 적이 있다. 그 면허증은 자기 자동차만 운전할 수 있는데 그 자동차에는 음주 측정기가 달려 있고 술을 먹고서 시동을 걸 경우 시동이 안 되도록 되어 있으며 그럼에도 계속 시동을 걸려고 하면 경찰서에 신호가 가서 그를 입건한다는 것이다. 이 면허증은 음주단속에 걸린 사람이 자동차를 운전하지 않을 경우에는 생계를 유지할 수 없다거나 꼭 운전을 해야 할 경우를 생각해서 조건부로 면허증을 갖도록 허락한 것이라고 하였다. 아무튼 음주 운전자로부터 사고를 당한 사람의 입장에서만 아니라 자동차를 만드는 사람과 법률과 운전자의 양식 등 보다 발전된 운전 문화가 절실하게 필요하다.

연전에 나는 우연히 그 때의 교통사고로 크게 고생한 수녀님을 오랜만에 만났다. 비록 고의는 아니었으나 내가 운전하는 차를 탄 까닭에 많은 고생을 한 것에 미안한 마음을 금할 길이 없었다.

가수원동 본당에서 그 외에도 다른 잊기 어려운 일이 있지만 이 모든 것을 뒤로 남기고 그밖에도 사제관 건립과 같은 사안을 미완으로 남긴 채 아주 먼 임지로 떠나야만 했다.

"자비를 베푸소서, 하느님 저에게 자비를 베푸소서. 제 영혼이 당신께 피신합니다. 재앙이 지나갈 그때까지 당신 날개 그늘로 제가 피신합니다."(시편 57, 2)

미국 워싱턴 주 타코마Tacoma 한인 공동체 – 미국 교민 사목

너희는 앞으로 일어날 이 모든 일에서 벗어나
사람의 아들 앞에 설 수 있는 힘을 지니도록
늘 깨어 기도하여라."

루카복음서 21:36

수도자와 성직자는 매일 시간에 맞추어 시간경(성무일도) 기도를 드린다. 제 3주간 수요일 아침 기도의 찬미가 영어 버전은 이렇게 시작된다.

Morning has broken, like the first morning

Blackbird has spoken, like the first bird

Praise for the singing! Praise for the morning!

Praise for them, springing! Fresh for the Word!

Sweet the rains new fall Sunlit from heaven,

Like the first dew fall On the first grass.

Praise for the sweetness Of the wet garden,

Sprung in completeness Where his feet pass.

— 이하 생략 —

위 영어로 된 아침 찬미가 Morning has broken을 팝가수 캣 스티븐Cat Steven이 불러 대중의 호응을 얻으며 미국을 강타한 명곡이 되었고 그 외에도 다른 팝송 가수들이 따라 불렀다. 내용은 새 날빛을 주신 창조주 하느님을 찬미하는 아름다운 노래다.

태평양을 건너 내가 도착한 곳은 미국의 서북쪽 끝 워싱턴주 타코마Tacoma란 도시다. 이 지역을 둘러보면 하느님께 찬미가를 부르지 않을 수 없이 좋은 풍광을 지녔다. 동쪽으로는 높은 산 깊은 계곡을 품으며 일 년 내내 흰 눈을 머리에 이고 있는 레이니어 산Mt. Rainer이 있다. 태평양에서 불어오는 서풍은 온화하고 습기가 가득한데 높은 캐스케이드 산맥에 걸려서 지니고 있는 물기를 거의 다 내려놓는다. 따라서 산맥 동쪽은 건조한 기후로 나무가 없는 언덕과 황량한 민둥산을 보여준다. 축복인 것은 산에서 내려오는 풍부한 물을 관리하여 밀밭과 과수원이 발달되어 있다. 긴 스프링클러가 밭을 가로지르면서 연신 물을 뿜어대는 광경이 쉽게 눈에 띄는가하면 강가의 마을에는 여름날 탐스런 과일들이 이곳저곳 주변의 과수원에 늘비하게

배달되 있다. 그러나 서쪽으로는 비가 넣아 산림이 울장하고 높은 위
도에도 불구하고 겨울이 온화하며 여름에는 그야말로 천당 바로 아
래 구백구십당이라고 불릴 만큼 기막히게 좋은 날씨를 자랑한다. 이
런 기후는 캐나다에서 오리건Oregon까지 남북으로 길게 뻗혀 숨 쉬
고 있다. 게다가 굽이치는 해안선과 여기저기 흩어져 있는 많은 호수
와 그리고 내륙으로 깊게 들어온 긴 만灣이 공중에서 보기도 아름답
고 지상에서 보기도 평화롭다. 이런 퓨젯사운드Puget Sound의 기후
덕분인지 씨애틀은 미국에서 오랫동안 살기 좋은 도시 중의 하나로
명성이 자자했다. 이런 곳에서 살게 되다니 가슴이 설레는 것은 당연
하다.

타코마에 오던 날의 기록을 보면 그날은 일월 말임에도 예외적으
로 아주 맑고 화창한 날이었다. 교민사목을 기분 좋게 시작 할 수 있
겠다는 예감이 들었다. 이곳 타코마의 날씨는 보통 시월부터 이듬해
사오월까지 거의 매일 많든 적든 비가 오는데 그날은 그렇지 않았던
것이다.

내가 캐나다의 에드먼턴에서 살았던 일 년은 기실 교민 사목을 위
해 파견된 것이 아니었다. 그러나 여기 타고마는 시작부터 교민사목
을 목적으로 발령을 받은 곳이다. 하지만 이렇게 시작한 타코마 공동
체의 첫 인상은 기대와 사뭇 달랐다. 사무실과 사제관으로 사용하는
작은 오두막은 너무 협소하고 본당 업무로 꼭 갖추어야 할 각종 서류
대장들이 제대로 구비되어 있지 않고 세계 첨단을 자랑하는 미국인

데도 좋은 컴퓨터 한 대 없는 사무실이었다. 한국의 공소 수준의 사무실과 별로 다를 바 없이 작고 서류도 정리되어 있지 않았다.

10여 년 전 미국 동부에 있을 때 미국의 서부의 끝인 이 타코마를 잠시 방문한 적이 있었는데 그때나 지금이나 모든 게 하나도 달라진 모습이 없는 것 같았다. 그렇지만 꽃보다 사람이라고 사목의 중심은 잘 정리된 장부나 살아가는데 필요한 가구가 아니라 어차피 사람이기에 사람을 키우면서 교우들이 하느님 안에서 보다 행복하고 의미 있게 살아가도록 해 주는 것으로 위안을 삼았다.

환난은 인내를 자아내고 인내는 수양을

타코마에 도착하여 며칠이 지난 후 아침 일찍 차 한 대가 사제관 뜰 안으로 들어왔다. 그래서 어떻게 오셨는지를 물었다. 그랬더니 뜻밖에도 "제가 사무장입니다." 하고 대답하는 것이 아닌가. 전임 신부님이 나와 함께 이틀 간 묵고 떠날 때에는 보이지 않았는데 이렇게 늦게 나타난 것을 보고 또 들은 바도 있어 어떤 갈등이 있음을 한 눈에 알아차릴 수 있었다.

그런데 내가 타코마에 온 지 아마 한 달이 채 되었을까, 어느 날 사무장이 나에게 사의를 표명하였다. 그에게 연유를 물었다. 나이도 있고 지병도 있고 해서 그만 두고 싶다고 하였다. 나는 그분이 사무장직을 더 수행해 달라고 붙잡지 않았다. 그런데 이것이 그의 예상을 빗나가게 한 것인지 모른다. 그동안 외부에서 걸려오는 거의 모든 전화를 사무장이 먼저 받았고 내 개인에게 오는 전화도 사무장을 통해서 받는 형편이었다. 나에게는 사람도, 지리도, 사무 처리도 낯설고 교구와의 모든 연락도 사무장이 없으면 원활하게 처리하기가 어렵기 때문에 사무장의 역할이 지대하였다. 사무장이 없으면 모든 업무가 마비 될 수도 있었다. 그럼에도 불구하고 새 본당에서 모든 것을 다시 시작하겠다는 생각으로 사의를 만류하지 않은 것이다. 그런데 이것이 내가 겪어야 할 큰 시련의 발단이 될 줄은 전혀 몰랐다. 훨씬 후에야 여기부터 뒤틀리고 잘못된 것이었구나 하는 것을 깨달았다.

어느 곳이나 새 부임지에 가면 대체로 몇 달 동안은 마치 신혼의 경우처럼 교우들과 별로 큰 갈등 없이 희망과 기대에 차서 잘 지낸다. 더구나 서로를 잘 모르기 때문에 어떤 선입견도 없어 인간관계에 문제가 야기되지 않는다. 그러나 신혼이란 오래 지속되는 법이 아니다. 사람들은 계속 꿀같은 신혼관계를 유지하고 싶지만 뜻대로 되지 않는 것이 현실이다. 서로를 조금씩 잘 알게 되면서 단점이 드러나고 비틀림과 갈등과 문제가 발생한다. 그동안 묻어 두었던 일이 서서히 표면 위로 드러나는 것이다.

부임 한 지 약 6개월 쯤 되었을 무렵 바로 그 때가 왔다. 본당 사목회에서 대전교구와의 관계를 문제시 했다. 당시 대전교구의 신부가 파견된 해외 교민 공동체는 고국의 신학교와 신학생 후원 명목으로 매년 만 불을 대전교구로 보내왔었다. 이것이 언제부터인지 또는 명문화 된 것인지 아닌지 몰랐다. 그런 일의 관례에 대해 전혀 들은 바

도, 아는 바도 없었다.(전에 있던 에드먼턴에서는 그렇지 않았다) 그
러나 그때까지 실행해 왔었다. 그리고 본당 예산에는 내가 부임하기
전부터 이미 오 천 불이 예산으로 책정이 되어 있었다. 그럼에도 앞
으로는 그 분담금을 사목회에서 보내지 않겠다는 것이다. 중요한 것
은 이런 결정을 사목회장이 앞장서서 밀고 나갔다. 난 그들에게 "이
것은 아무리 생각해도 온당치가 않다. 내가 부임하자마자 이미 예산
에 책정된 것까지도 집행하지 않겠다는 것은 옳지 않은 일이다. 이런
조치는 오랫동안 관계를 유지해 온 교구와 해외지역 본당과의 모든
관계를 끊겠다는 뜻으로 받아들일 수 있는 일이다. 이는 내가 속한
교구장의 명에 의해서 여기에 온 사목자로서 교구장님께 도리가 아
니며 예산에 잡힌 것마저 실행하지 않는다는 것은 자가당착이다. 그
리고 솔직히 새로 부임하자마자 내가 속한 교구와의 단절을 의미하
는 이런 조치는 내 체면도 서지 않는다." 이런 설득의 효과로 사목위
원 대부분이 예산대로 집행하자는 쪽으로 기울었다. 그런데 이때부
터 두 파로 나누어지기 시작했다. 사목회장도 나와 단 둘이 있을 때
는 내 뜻을 따르겠다고 하고서는 며칠이 지나면 전화를 걸어 사람들
의 의견이 반대라는 것이다. 그러다가 어느 주일 미사 후 공지사항
시간에 마이크를 들고 교우들을 향해 "왜 우리가 대전교구에 돈을 보
내야 합니까? 우리는 대전교구에 속한 것이 아닙니다." 그리고 일 불
(Dollar)짜리 지폐를 꺼내 들고 격앙된 목소리로 "여러분, 일 불 버는
것이 얼마나 힘든 일입니까? 땅 열 길을 파도 일 불이 나오지 않습니

나. 피땀 흘려 번 돈을 대전교구에 보낼 수 없습니다." 이런 식으로 교우들에게 일장 연설을 해대는 것이다. 그것도 한 번도 아니고 두 번씩이나 똑같은 행태로 벌이는 짓을 그냥 지켜보아야 했다. 결코 있어서는 안 될 일이 미사 도중에 벌어졌으나 참고 또 참았다. 상상하기 힘든 이런 비방과 도를 넘는 대척관계로 해서 만약에 그 자리에서 일어나 감정의 홍수가 된 채 흥분된 상태로 반박을 한다면 성당은 그야말로 온통 아수라장이 될 것이 뻔해서 그냥 아무소리 없이 미사를 마쳤다.

이 문제는 우선 돈이다. 사람들은 돈에 매우 민감한 것이다. 다른 것에는 꽤 이해심이 많고 도량이 큰 것 같은데 돈에 관해서는 완전히 달라지는 사람들이 있다. 돈 때문에 형제지간이 원수가 되기도 한다. 그래서 돈은 독사보다 무섭고 비상보다 치명적이라고 하지 않던가? 성경에도 "사실 돈을 사랑하는 것이 모든 악의 뿌리입니다. 돈을 따라다니다가 믿음에서 멀어져 방황하고 많은 아픔을 겪는 사람들이 있습니다."(1디모 6,10) 란 말씀이 있다.

교회는 공동체 자체만을 위해서 재화를 사용하는 것이 아니라 이웃과 내일을 위해서도 사용해야 하는 것이 마땅하다. 내가 땀 흘려 번 돈은 소중하다 그래서 내가 낸 헌금의 향방에 관심이 있는 것은 당연하다. 하지만 자신이 낸 기부가 자기가 속한 교회 안에서 사용하기만 고집한다면 하느님 백성을 위해서 사용하는 공통된 가치를 간과하고 있는 것이다. 가톨릭의 정신은 지역 개별 교회가 어떻게 보편성을 유지하는지를 실천적으로 보여주어야 한다.

제2차 바티칸 공의회의 '교회에 관한 교의 헌장'「인류의 빛Lumen Gentium」 8항 가시적이고 영적인 교회에서는 "우리는 신경에서 하나이고 거룩하고 보편되며 사도로부터 이어 오는 교회라고 고백한다. 우리 구세주께서는 부활하신 뒤에 베드로에게 교회의 사목을 맡기셨고(요한 21,17) 베드로와 다른 사도들에게 교회의 전파와 통치를 위임하셨으며(마태 28,18), 교회를 영원히 진리의 기둥과 터전으로 세우셨다(1티모 3,15) 교회는 이 세상에 설립되고 조직된 사회로서 베드로의 후계자와 그와 친교를 이루는 주교들이 다스리고 있는 기톨릭교회 안에 존재한다."라고 천명하고 있다. 가톨릭 신앙에 대한 정체성 혹은 자긍심은 온 세상이 하나의 교회이며 거룩하고 보편되며 사도로부터 이어오는 교회로 일치와 통공성을 강조하고 있다. 이 통공성은 지상의 교회뿐만 아니라 천상교회의 통공과 연옥에 있는 분들과도 통공성을 동시에 지니는 협력의 교회인 것이다.

그리하여 무엇보다도 우리가 빈손으로 세상에 태어나서 모든 것을 받았으니 "너희가 거저 받았으니 거저 주어라."(마태 10,8)라는 복음의 정신에 충실하게 사는 일이다. 그러나 여기에서 벌어진 사태 뒤에는 돈과 더불어 다른 문제가 숨겨져 있는 것처럼 보였다. 기존에 지니고 있던 기득권리란 본당 신부를 배제하면서 본당행정을 좌지우지하고자하는 권력에 대한 욕심도 그 뒤에 숨은 음흉한 배후라고 볼 수 있다.

이런 신상이 최소한 두세 달은 지속된 것 같다. 그래서 왜 그런 일이 일어나고 누가 뒤에서 조정을 하는지 궁금하였다. 그러다가 하나씩 정체가 밝혀졌다. 사무장직을 떠난 옛 사무장과 또 그 사무장과 한국에서부터 서로 잘 알고 있던 본당의 수녀님과 그리고 본당 회장과 나머지 대여섯 명이 자주 만나면서 그런 계획과 작전을 짠 것을 알게 되었다. 내가 처음에 그런 곤경에 처해졌을 때 나는 수녀님이 이 사건에 관련이 있다는 것을 전혀 모르고 나보다 훨씬 먼저 본당에 와서 활동해 오신 수녀님께 "내가 이런 어려움에 처해 있는데 나를 도와주십시오." 라고 청하자 그 때 수녀님이 지은 그 묘한 표정을 잊지 못한다. 동정이나 안쓰럽다는 표정과는 전혀 다른 이상야릇한 표정이었다. 왜 그런 표정을 지었는지 나중에야 그 이유를 알게 된 것이다.

가톨릭교회는 로마를 중심으로 한 보편교회와 지방교회가 있고 이는 서로 아주 밀접하게 연계되어 있다. 사도행전이나 바오로 서간(로마 15,31)을 보면 예루살렘 교회를 위해 모금을 하고 돕는 일에 베드로와 바오로가 서로 일치한다. 그리고 이런 아름다운 전통은 지금도 이어져온다. 한국의 교회는 로마로부터 얼마나 많은 원조를 받아 왔는가? 특히 육이오의 참화 후에 외국으로부터 도움 받지 않은 한국교회를 생각할 수 없다. 교회 간에 서로 돕는 것은 당연하고 아름답고 고귀한 사랑의 표현이다.

우리는 미국에 있든 한국에 거주하든 똑같은 로마가톨릭교회이고 더구나 같은 겨레이다. 교회의 미래를 짊어질 중차대한 신학생 양성을 위해 서로 돕고 힘을 실어주는 일을 방해하고 막아버리는 일은 명분이 서지 않는다. 나와 대전교구에게 협조를 거부하는 사람들은 이런 좋은 전통을 몰랐을까? 누군가 그들에게 충분한 설명을 하지 않았기에 이해 부족일 수 있다. 그러나 한편으로는 개인의 불만과 질시가 교회의 아름다운 전통보다 더 강해서 대중을 선동하거나 공동체를 분열시키며 문제를 일으킬 수도 있을 것이다. 아무튼 이 모든 일들로 인하여 나는 정말 한동안 힘든 생활을 하였다. 결국 이 문제는 본당의 두 수녀님을 보내고 새로운 수녀님들을 맞이하면서 그리고 사목회장이 경질되면서 해결이 되었지만 그 과정에서 대립과 갈등을 피하고 싶어 몇 번이나 짐을 챙겨 한국으로 돌아갈까 하는 마음이 불쑥불쑥 들 때도 있었다. 이 순간에 논리보다 감정이 우선 작동하여 나는 정말 인복이 없구나, 하는 별의별 생각까지 다 들면서 잠을 설친 적도 있었다. 그러나 그들의 나쁜 계략에 말려들고 싶지 않았다. 또 내 개인적으로 잘못한 것 없이 물러나면 그들이 정당했다고 큰 소리 칠 기회를 주는 것이 되지 않겠는가, 하는 생각이 들어서 떠나지 않고 문제를 해결하는 것이 급선무라 여겼다. 또한 주님께서 이런 시련을 주시는 것은 감당할 수 있기에 주시는 것이고 다른 사람이 겪지 않은 일을 겪어보라는 의미이니 더 인내하고 감내해야 한다고 생각하였다. 그때는 하소하며 간구하는 진지한 기도가 저절로 우러났던 것 같다. 구약에 나오는 에스텔의 기도처럼 다윗의 기도처럼 온 몸으도 바치는 그런 기도였다.

"주님, 깊은 구렁 속에서 당신께 부르짖습니다. 주님, 제 소리를 들으소서. 제가 애원하는 소리에 당신의 귀를 기울이소서."(시편 129,1-2)

그러나 인생은 험난한 길만 있는 것이 아니다. 오르막이 있으면 반드시 내리막이 있듯이 그 후 많은 사람들로부터 위로를 받았다. 권토중래捲土重來랄까, 나 자신 새로운 힘을 얻게 되었을 뿐만 아니라 많은 교우들의 후원과 협조가 배가 되어 그 후 사목에 큰 지장이 없었다. 동시에 교민 사목의 어려움과 교민들의 생리와 고충도 더 깊이 알고 깨닫게 되었다.

"우리가 알고 있듯이, 환난은 인내를 자아내고 인내는 수양을, 수양은 희망을 자아냅니다. 그리고 희망은 우리를 부끄럽게 하지 않습니다."(로마 5-3)

교민들을 한마디로 일별하여 말하기는 쉽지 않지만 1세대 혹은 1.5세대로서 대부분은 미국인도, 한국인도 아닌 어정쩡한 사고방식을 지니고 있다. 그들은 한국이라는 토양을 벗어나 새로운 곳으로 이식된 사람들이다. 이식된 나무가 아주 어리면 빨리 뿌리를 내리겠지만 어느 정도 자란 나무는 자란만큼 몸살을 오래 겪어야 하듯이 사람도 마찬가지다. 교민들은 미국에 여행 온 사람들이 아니다. 그들의 마음에는 보이지 않는 구멍이 뚫려 있고 이 구멍은 쉽게 아물지 않는다. 가슴에 뚫린 이 구멍을 메우기 위해 때로 엉뚱한 곳이나 잘못된 방법으로 에너지를 쏟아 붓는 경우도 왕왕 있는 것이다. 이민자들의 애환은 어쩌면 불치의 병인지 모른다.

이민자들은 대개 네 단계를 거쳐 정착해 나간다고 한다. 첫째는 행운 혹은 행복감(Euphoria)이다. 다른 사람들이 겪지 못하는 새로운 세상을 살 수 있다는 것에 대한 행운이다. 그러나 이것은 그리 오래가지 못한다. 곧 주위의 환경이 너무 낯설고 마음에 들지 않는다. 그래서 짜증과 화(Irritation)가 난다. 그렇다고 언제까지나 짜증을 부릴 수 없기에 살기 위해서는 이 단계를 벗어나지 않으면 안 된다. 적응(Adaptation)을 배우는 것이다. 그러나 적응을 한다고 해서 내것을 모두 내려놓거나 잃어버리고 적응하는 것이 아니다. 나를 둘러싸고 있는 큰 문화에 적응을 하면서 내 고유의 것과 자신만의 문화를 지켜나가는 것이 필요하다. 이렇게 될 때 건전한 이민 생활을 할 수 있다고 한다. 그렇지 않으면 정체성을 잃게 된다. 타코마에서의 사목은 상처와 더불어 깨달음을 체득한 곳이기도 하다.

"주님, 제가 당신께 피신하니 다시는 수치를 당하지 않게 하소서. 당신의 의로움으로 저를 구하소서.(시편 31, 2)

내가 기거하는 사제관은 오두막이지만 대지는 꽤 넓었다. 마당에는 전임 신부님께서 농구대를 세웠고 동네 아이들이 와서 농구를 하면서 놀곤 하였다. 또 가을부터 봄까지는 비가 많은 곳이라 길에는 잔자갈을 깔아 차가 진흙에 빠지지 않게 해 놓았다. 그런데 키 작은 어린 아이들만 농구를 하러 오는 것이 아니고 나이는 어리지만 덩치는 어른과 같이 커다란 미국 아이들이 와서 덩크 슛을 한다고 매달리다 보니 정규 농구대만큼 튼튼하게 만들지 못한 농구대가 꺾기고 휘어져 버렸다. 더 이상 농구를 할 수 없게 된 아이들이 알루미늄 야구방망이를 가지고 길에 깔린 잔자갈을 야구공처럼 치는 바람에 사제관 유리창이 깨졌다. 잘못한 어린이는 자기 어머니를 모시고 와서 미안하다고 사과를 하였다. 그래서 변상을 시키는 대신 다시는 그런 짓을 하지 말라고 단단히 당부를 하고 돌려보냈다. 그러나 아이들의 야구 연습은 멈추지 않았다. 오후가 되면 거의 매일 마당에 와서 야구방망이로 잔돌을 치는 소리가 거슬렸고 또 유리창이 깨질까봐 겁도 났다. 그래서 아이들에게 여기서 야구방망이로 돌을 치면 안 된다. 지난번에 창문도 깼고 위험하다. 너희들 다 내보낼 것이다. 이렇게 경고를 하면 그 때만 잠깐 나갔다가 다음날 또다시 몰려와 똑같은 짓을 하였다. 그러다보니 짜증도 나서 궁리를 하다가 본당 청년들과 이 문제를 어떻게 해야 좋을지 상의를 하였다. 그랬더니 출입구에 팻말을 몇 개 세워놓자는 의견이었다. 팻말에는 '여기는 사유지이고 허락 없이 이곳에 들어오는 사람은 법을 어기는 것이므로 경찰을 부르겠다.'고 썼다. 효과는 놀라웠다. 팻말을 세워놓은 다음 날부터 크고 작은 어린이들은 물론 동네 사람 아무도 얼씬하지 않았다. 이 작은 사건으로 미국의 법문화는 바로 이것이로구나, 깨달았다. 인간적으로 여러 번 말할 때는 들은 척도 안 하더니 법대로 하겠다는 선언 앞에서는 꼼짝 못하는 것이다. 우리와 얼마나 다른가? 우리는 법에 의존하겠다는 말도 잘 안 하지만 그런 말을 너무 가볍게 하다보면 오히려 역효과를 가져올 수 있다. 우리는 인간적으로 호소를 해야 하고 마음이 통해야 효과가 있다. 그러나 미국 사회는 여러 민족이 뒤섞여 있으니 전통이나 친분보다 법으로 해결할 수밖에 없는 것 같다. 그러다 보니 비인간적인 차디찬 문화가 지배적이다. 이렇게 모든 것을 법에 호소하다 보니 많은 변호사가 양산 되고 그에 따른 비용을 무시할 수 없는 부작용이 많다. 반면에 우리는 법의 준엄함을 인정하고 지키는 일을 너무 소홀히 한다. 이것은 아마도 일제 식민지 시절 법이 백성을 수탈하는 수단으로 악용된 데서부터 비롯되었는지 모른다. 그러나 이제는 법을 존중하면서 동시에 인간적인 소통을 함께 소중하게 여기는 조화와 균형 잡힌 문화를 발전시켜 나가야 하지 않을까 싶다.

아름다운 눈(雪) 산

워싱턴 주에는 미국에서 다섯 번째로 높은 레이니어Mt. Rainier란 국립공원의 산이 있다. 높이가 4,392 미터인데다 위도로도 우리나라의 백두산보다 북쪽에 위치하고 있으니 사철 하얀 머리를 구름 위로 내밀고 있어 한국인들은 '눈 산'이라고도 부른다. 본래 화산 활동으로 이루어진 산이기에 정상이 종각처럼 약간 가파른 편이고 멀리서도 구름 위에 있어 아름답게 보인다.

나는 이 산을 지금까지 거의 스무 번 가량 갔으나 꼭대기는 한 번

노 오르지 못했다. 제대로 등산 장비를 갖추지 않고서는 어려울 뿐만
아니라 정상에 오르는 사람은 일박을 해야 한다고 한다. 그래도 산이
좋을 뿐만 아니라 산 중턱에 있는 여러 종류의 야생화들이 눈이 녹으
면서 혹은 눈 속에 피면서 넓은 비탈에 가득한 향기가 좋아 그 주변
을 걷는 것이 좋기 때문이다. 또 나를 찾아오는 방문객들을 데리고
가기 좋은 곳이다. 타코마에서 약 한 시간 반 정도 걸리는 거리에 떨
어져 있어 오가면서 대화를 나누기에 적당하다. 주로 남쪽 입구로 드
나들었지만 동쪽 문도 이용하였다. 언제나 혼자가 아니고 나를 방문
한 분들을 모시고 간 것이다. 특히 여름철이면 어떤 경우에는 2-3주
에 두세 번 다녀오기도 했다. 그때마다 일주일 전과는 다른 야생화들
이 피고지면서 아름다운 자태를 드러내는 것을 볼 수 있다. 서두르지
않고 제각기 차례를 기다리며 때가 오면 제 아름다움과 향기를 발산
하는 것이다. 나는 이 산을 한 겨울에도 간 적이 있다. 산 아래는 비
가 오지만 이곳에서는 눈이 오기 때문에 길 양쪽으로 높고 하얀 성벽
이 생겨 마치 터널로 들어가는 듯하다. 눈이 많이 올 때는 출입을 막
지만 눈이 그치면 즉시 제설작업을 해서 길을 터 준다. 겨울에는 물
론 장비를 갖추지 않고 산행을 할 수 없으나 눈 덮인 산속을 설화를
신고 걷는 용감한 사람들도 가끔 보인다.

　여름철 이 산에 가면 여러 종류의 꽃처럼 참으로 다양한 인종의 많
은 사람들을 만난다. 그 사람들은 자기 능력에 따라 하이킹을 한다.
몇 백 미터에서부터 몇 십 킬로미터까지 능력껏 오르는 것이다. 오솔

길(트레일)을 따라 걸으며 산등성이에 핀 꽃을 보면서 마주 오는 사람들을 만나고 이야기하면서 때로 시원한 눈길도 걸으면서 서두르지 않고 자연을 감상한다. 모두가 신선처럼 말이다. 고 김수환 추기경님께서 말씀하신 것으로 기억한다. 사람이 산에 오르면 곧 신선神仙이 되는데 다시 계곡으로 내려오면 속인俗人이 된다고 하셨다. 산의 정기 때문일까? 성경에 나오는 인물들처럼 산에서 하느님을 쉽게 만날 수 있어서일까? 아무튼 산에 오르려면 인내가 필요하고 오르게 되면 마음이 넓어진다. 그래서 인자요산仁者樂山이란 말이 생기고 지자요수知者樂水란 말이 생겨났나 보다. 성경의 세계에서도 산은 하느님을 만나는 곳이다. 모세는 시나이 산에서 십계명을 받았고 예수님도 높은 산에서 그 모습이 영광스럽게 변모하셨다.

"주 우리 하느님을 높이 받들어라. 그분의 거룩한 산을 향하여 엎드려라."(시편 99,9) "나의 거룩한 산 어디에서도 사람들은 악하게도 패덕하게도 행동하지 않으리니 바다를 덮는 물처럼 땅이 주님을 앎으로 가득할 것이기 때문이다."(이사 11, 9)

레이니어 산보다 조금 더 남쪽에는 헬레나 산Mt. St. Hellen이 있다. 이 산도 옛 사진을 보니 호수와 함께 매우 아름다웠다. 그런데 1980년 5월 18일 화산이 폭발하여 히로시마 원폭의 수십 배에 해당되는 위력으로 산의 정상부를 완전히 날려버렸다. 인명 피해도 상당히 있었고 화산재가 서풍을 타고 멀리 뉴욕까지 날아갔다고 한다. 내가 이 산에 처음 간 것은 화산 폭발이 터진 지 꼭 10년 뒤였다.

그 때 화산 폭발을 중심으로 해서 대략 1킬로 반경 안에는 아무 것도 없었고, 그 다음 1킬로 반경 안에는 나무들이 하나도 남김없이 폭발한 반대 방향으로 모조리 쓰러져 있었고 그 다음 반경으로는 많은 거목들이 서 있지만 시커멓게 타서 숯덩이로 죽어 있었다. 화산폭발의 위력이 얼마나 컸는지를 짐작케 해주는 광경이었다. 그런데 그 화산이 폭발한 날이 묘하게도 다름 아닌 1980년 5월 18일이었다. 광주민주화 운동이 일어난 날이다. 엄밀하게 말하면 그쪽이 우리보다 하루 늦으니까 똑같은 시간대는 아니다. 하지만 우연치고는 참으로 묘하다. 수많은 사람들이 무자비한 독재의 총칼에 희생된 것에 대한 자연의 분노일까? 거기에 연계된 것은 아니겠지만 왠지 자꾸만 함께 떠오르는 것은 무엇 때문일까? 하늘만 무서운 것이 아니라 땅(사람이 살고 있는 곳)도 무섭다는 것을 보여주는 것 같다.

서품 25주년(은경축)

1998년 나는 사제 서품 25년째를 맞이하면서 자축하는 뜻으로 남미에 가기로 마음먹었다. 남미는 한 번도 가보지 못한 곳이기에 한 보름 남짓 여름휴가를 얻어 브라질의 상파울로Sao Paulo에 갔다. 거기에는 나와 같은 대전교구 신부님께서 교민 사목을 하시는 곳이라 나름대로 큰 걱정을 하지 않았다. 상파울로에 도착한 다음 날 곧바로 이구아수Iguacu로 향했다. 「미션Mission」이라는 영화에 나오는 바로 그곳이다. 그 영화는 목숨을 내놓은 선교사의 삶과 더불어 심금을 울리는 잔잔한 음악으로만 유명한 것이 아니라 화면을 압도하는 이구아수폭포가 장관을 이루고 있다. 그래서 영화를 본 사람이면 그 아름다운 음악을 다시 듣고 싶은 것처럼 또한 기회가 닿으면 이구아수폭포를 찾아보고 싶게 만드는데 드디어 나에게도 그 기회가 온 것이다.

상파울로에 도착한 다음 날 이구아수로 떠나는 이층으로 된 버스에 오르자 저녁 8시가 지나고 날은 곧 어두워졌다. 그런데 차가 출발을 한 후 얼마 가지 않아 속이 불편하더니 뒤틀리기 시작하였다. 다행히 버스 아래층에는 화장실이 있어 구토는 해결할 수 있었다. 멀미와 함께 찾아온 복통으로 아래층을 오르락내리락하며 밤새 고생을 하였다. 낮에 생선회를 먹은 것이 문제가 있었는지, 물을 갈아먹어서인지, 단순히 피곤과 멀미 때문이었는지 아니면 이 모든 것이 복합적으로 작용을 한 것인지 잘 모르겠으나 차를 타고 이처럼 고생을 한 적은 아직까지 없을 정도로 고통스런 시간이 계속되었다. 다른 사람들은 모두 한국의 우등버스처럼 넓고 누울 수 있는 의자에서 편히 잠을 자는데 나는 잠은커녕 복통과 싸우면서 참고 기다릴 수밖에 없었다. 밤새 13시간이나 계속 달리는 버스의 창밖은 칠흑처럼 캄캄해서 아무 것도 보이지 않고 내리고 싶어도 내릴 수가 없었다. 버스에는 운전기사만 있는 것이 아니고 예전 우리나라의 버스나 화물차처럼 조수가 있었는데 젊은 청년이었다. 그래서 조수에게 소화제나 멀미

약을 눈짓 발짓 하면서 있으면 달라고 했으나 안타까워하면서도 약
품이 없는지 아무런 조치도 받을 수 없었다. 오장육보가 뒤집혀지는
고통 속에서 사력을 다해 오직 견뎌내려 애썼다.

버스가 출발한 지 한 10시간 이상이 지났을까 동이 트는지 밖이 밝
아지고 있을 즈음 탈진한 상태로 겨우 조금 눈을 붙였다. 눈을 뜨자
조수는 나에게 와서 '따봉'(괜찮은가요?) 하고 물었으나 나는 고개를
저었다. 버스는 드디어 아침 9시에 목적지에 도착하였고 두 시간 정
도 휴식을 취한 후 11시에 로비에 모여 이구아수를 보러 간다고 하였
지만 나는 일행과 함께 나가지 않았다. 우선 너무 피곤하여 기운을
차릴 수가 없었고 또 다른 이유는 호텔에 도착하자마자 곧바로 상파
울로에서 받은 전화번호를 찾아서 이구아수 현지 여행 안내인(가이
드)에게 전화를 한 것이 통화가 되어 믿는 바가 있었기 때문이었다.
이렇게 현지 한국인 여행 안내인과 연락이 되어 나는 마음 놓고 서너
시간 편히 쉴 수가 있었다. 그 안내인이 쉽게 시간을 낼 수 있는 것은
때마침 우리나라에 엄청난 타격을 준 국제통화 기금(IMF)으로 인하
여 한국인 관광객들이 아무도 오지 않아 찾는 사람이 없어 한가하였
기 때문이었다.

오후가 되어 현지 한국 안내인을 반갑게 만나 드디어 이구아수에
가서 배를 타고 폭포에 가까이 다가가 사진을 여러 장 찍었다. 이구
아수 폭포도 미국과 캐나다에 있는 나이아가라 폭포처럼 브라질과
아르헨티나 국경에 있는 폭포다. 또 나이아가라 폭포처럼 많은 관광

객들이 세계 각지에서 몰려오는 곳이고 나이아가라처럼 관광객들을 태우고 폭포 밑 근처까지 가는 배가 있었다. 그날은 우리가 브라질 쪽의 이구아수 관광을 마치고 다음날은 아르헨티나로 넘어가 폭포를 보기로 했다. 그런데 다음 날 폭포 위 아르헨티나에서 사진을 찍는데 아무래도 예감이 이상해 카메라를 자세히 보니 어제부터 필름을 넣지 않고 그냥 셔터만 누른 것이었다.(디지털 카메라가 거의 없던 시절) 전날 너무 탈진한 나머지 정신없어 카메라에 필름을 넣는 것도 그만 깜박한 것이다.

다음 날 상파울로를 향해 되돌아갈 때는 버스에서 너무 고생한 까닭에 이번에는 비헹기를 다기로 했다. 그래 시간에 맞춰 비행장으로 갔는데 두 시간 후에 오라고 하여 다시 두 시간 후에 비행장으로 갔다. 그러나 출발은커녕 언제 출발을 한다는 시간도 말해주지 않는다. 이런 일이 비일비재한지 아무도 불평하지 않고 기다리는데 익숙한 모습들이다. 오후 2시 30분 비행기는 드디어 저녁 10시가 넘어서야 이륙을 했고 밤 12시 조금 전 상파울로에 도착하였다. 그러나 브라질의 국내 모든 비행기가 그렇게 마음대로 시간표를 무시하는 것은 아니다. 유명한 히우데자네이로Rio de Janeiro에 가는 비행기는 독점이 아니고 다수의 항공회사가 경쟁을 하기 때문인지 시간을 정확하게 지켰다. 독점의 횡포가 무엇인지 이구아수 여행에서 잘 체험을 하였고 그런 행태에 사람들의 느긋한 기다림도 잘 보았다. 히우데자네이로는 유명한 삼바춤과 산꼭대기에 높이 솟은 예수님 상과 2013

년 세계 젊은이의 대회가 개최되는 아름다운 미항 중에 하나이다.

남미 여행의 첫 목적지인 이구아수의 여정은 예상 외로 고생이 컸지만 나머지 일정은 수월하게 잘 마치고 무사히 타코마 사목지로 돌아왔다. 뒤돌아보니 내가 브라질에서 보고 깊이 느낀 것은 장엄한 이구아수 폭포나 아름다운 히우데자네이로 도시와 더불어 1960년대부터 시작해 수차례의 농업 이민으로 브라질 땅을 밟은 우리 한국인들의 애환을 빼놓을 수가 없다. 다시 말해 이민 교포들이 어떻게 브라질 의류 업계를 장악하게 되었는지 그리고 우리민족의 단점을 어떻게 장점으로 잘 응용하여 성공했는지 알게 됐다. '옷이 날개'란 말대로 우리는 육이오 한국전쟁 후에 작은 판잣집에 살면서도 멋진 의복을 입으려 했던 문화가 이민자들에게 큰 도움을 준 것이다. 가령 중국 사람들이 입은 옷으로는 그 사람의 재정(富)을 전혀 가늠할 수 없고 먹는 것을 보아야 한다고 한다. 그러나 우리는 옷에 대해 남달리 민감하였고 그 결과는 남미에서 의상과 의류 업계를 주름잡게 만들었다. 의상에 대한 감각은 다른 민족에게 없는 우리 문화의 밈Meme이 된 것이다.

그리고 미국에 사는 교포 이민 2세들과 달리 브라질에 살고 있는 2세들은 한국말을 잘한다. 그것은 우리 문화에 대한 자부심이 미국에 사는 사람들보다 더 크기 때문이라 하겠다. 자기의 정체성에 대한 좋은 긍지가 우리의 문화를 사랑하고 보존해 주는 것이다.

서품 25주년 기념으로 다녀온 브라질 여행은 나에게 새로운 눈을 열어 주었다. 쥐구멍에도 언젠가는 볕들 날이 온다. 주님 감사합니다.

"내 영혼아, 주님을 찬미하여라. 그분께서 해 주신 일 하나도 잊지 마라. 네 모든 잘못을 용서하시고 네 모든 아픔을 낫게 하시는 분. (시편 103, 2-3)

샌 앤(성 안나) 성당

타코마의 한인 공동체는 주일이 되면 샌 앤St. Ann이라는 미국인들의 성당을 빌려 썼다. 거의 천 명 가까이 들어갈 수 있는 비교적 큰 새 건물이었디. 미시 시간은 오전 11시였고(니 는 이보디 앞서 9시에는 올림피아 공소에서 미사를 드리고 곧 바로 올라와서 11시 미사 집전) 미사 전후로 한국의 보통 성당처럼 성모회에서 여러 가지 물건을 팔아 기금을 마련하였다. 그래서 주일이면 미국인들이 사용하는 성당 교회 사무실 안에 있는 책상이나 걸상을 내다 놓고 사용하는 일이 자주 있었다. 그리고 미사 후에는 넓은 지하실 주방에서 친교를 위해 간단히 커피와 도넛을 먹기도 하지만 때로 우리 식으로 점심을 만들어서 판매하는 경우도 있었다. 그러자니 주방의 여러 기구를 사용하지 않을 수 없었다.

그런데 어느 날 샌 앤(성 안나) 성당에 기거하시는 신부님의 이름으로 한인 공동체에 편지가 왔다. 그 내용은 앞으로 성당의 기물을 사전에 허락 없이 옮기지 말 것이고, 성당에서 물건을 판매하는 행위를 남하고, 지하실의 수방 기구도 분실된 것도 있으니 없어진 것은 변상을 해야 하며, 또 사용 후 제대로 깨끗하게 잘 보관하지 않았으니 모든 사용을 금한다는 것이었다. 그리고 덧붙여 예수님께서도 성전에 들어가시어 거기서 장사하는 사람들을 모두 몰아내셨다, 라는 성경 구절까지 적어 놓았다.

편지를 읽으면서 얼마나 황당하고 모욕감을 느꼈는지 한편으로 역정이 일어났다. 즉시 사목회를 열고 편지의 내용을 확인하자는 결론을 내렸다. 과연 주방의 무슨 기물이 없어졌는지 조사를 하고 도대체 주방 기구가 얼마나 더러워졌는지 알아보는 일 등이다. 물론 우리가 교회의 기물을 사용하고 물건을 팔 때 책상도 사용한 것은 인정하지만 기물을 부순 적은 없었다. 이것은 분명 우리 한인 공동체를 혐오하는 사람이 배후에 있는 것 같았고 어떤 약점을 잡아서 우리를 음해하려는 시도로 보였다. 이런 저런 대책을 세우던 중에 샌 앤 성당의 본당 신부님이 휴가를 마치고 돌아왔다. 당시 미국인 본당 신부는 샌 앤 성당만의 본당 신부일 뿐 아니라 세 개 성당을 맡은 본당신부였다. 성당은 여럿인데 본당신부가 부족해서 혼자서 세 개의 성당을 돌아다니며 주일 미사를 봉헌하고 각 성당에는 은퇴하신 신부님들이 한 분씩 기거하면서 마치 보좌 신부처럼 책임은 지지 않고 그냥 미사와 성사를 집행하면서 지냈다. 이것을 패스토랄 클러스터Pastoral Cluster(통합 사목?)라고 불렀다. 그런데 우리에게 편지를 보낸 신부님은 본당 신부가 아닌 샌 앤 성당에서 기거하시는 은퇴하신 분의 이름으로 되어 있었다.

본당신부가 돌아왔다는 말을 듣고 여럿이 가면 기분 나쁘게 생각할지 몰라 홀로 본당신부님을 찾아갔다. 그리고 자초지종을 얘기했다. 내 말을 들은 본당신부님은 그 편지를 자기가 볼 수 있느냐고 물었다. 그래서 가지고 간 편지를 보여드렸더니 편지를 다 읽고 난 본당신부는 의외로 두 손을 모으고 내게 사죄를 청하였다.

"신부님, 대단히 죄송하게 되었습니다. 용서해 주시기 바랍니다. 그리고 이것은 내가 쓴 것이 아니니 무시해도 좋습니다. 내가 샌 앤 성당의 본당신부입니다. 내 말을 들으십시오. 앞으로 다시는 그런 일이 일어나지 않을 것입니다. 뿐만 아니라 저도 남미에 살면서 사목한 적이 있어 여러분 이민 생활의 고충을 잘 이해할 수 있습니다."

뜻밖으로 이런 말까지 덧붙였다. 말이 잘 통하게 되어 기쁘고 고마웠다.

우리 공동체에 편지를 보낸 신부님은 사태 파악을 잘 못하고 몇 몇 미국 사람들의 말만 듣고 그런 편지를 적어 보냈던 것이다. 우리 공동체는 본당신부님이 고마워서 어느 날 샌 앤 본당신부님과 더불어 사목위원 전체를 초대하여 불고기 파티를 열어주었다. 그 후 미국인들의 사목회에서도 우리 사목위원을 초대하여 대화와 협조로 잘 해나갔다. 그 덕에 서로 간에 신뢰가 두터워지고 여러 가지 문제들이 순조롭게 풀려 나갈 수 있었다.

"좋기도 하여라. 우리 하느님께 찬미 노래 부름이. 즐겁기도 하여

라. 그분께 어울리는 찬양을 드림이. 주님께서는 예루살렘을 세우시
고 이스라엘의 흩어진 이들을 모으신다." (시편 147, 1-2)

과달루페 성지순례

타코마를 떠나기 서너 달 전에 나는 우리 교우들과 함께 멕시코의
과다루페로 성지 순례를 갔다. 내가 과달루페Guadalupe란 말을 처
음 들은 것은 신학생 시절 우리 반은 아니지만 멕시코에서 서울 신학
교로 유학 온 멕시코 신학생들이 있었는데 그들이 과달루페 수도회
소속이었다는 말을 들었을 때였다. 그래서 과달루페회가 단순히 자
기 나라만 아니라 전 세계를 상대로 선교와 복음 선포 활동을 하고
있다는 인상을 받았다.

과달루페는 루르드나 파티마 같은 지명이 아니다. 그리고 성모님
의 발현하신 연대도 루르드나 파티마보다 훨씬 이전이다. 1531년 12
월 몇 차례에 걸쳐 멕시코시 변두리 떼뻬약Tepeyac이라는 산에서
요한 디에고Juan Diego란 57세의 아주 가난하고 초라한 원주민에게
발현하신 것을 말한다. 그리고 그 때 성모님 발현 모습을 그린 것을
'과달루페 성모님' 성화라고 한다. 이 성화는 과달루페 성모님 발현
기념성당에 안치해 놓았는데 사람들은 이 원본 성화를 보기 위해 순
례하는 것이다. 그리고 발현 당시와 그 후에도 이 성화를 통해 많은
기적이 일어났다고 전해진다. 또한 날짜가 보여주는 것과 같이 과달
루페 성모님 발현은 원죄 없으신 잉태와 깊은 관련이 있다. 내가 새

롭게 들은 바로는 과달루페의 성모님 발현 성지가 성모님 발현 성지 중에는 전 세계에서 가장 많은 사람들이 모이는 곳이라는 것이다. 하루 평균 순례객이 15,000 명이라니 놀랍다.

여기서 중요한 것은 스페인 식민지 시대에 정복자들로부터 거의 사람으로 인정받지 못할 만큼 가난하고 배운 것 없는 원주민에게 성모님께서 나타나셨다는 것이다. 그렇다면 현재 교회는 누구의 말을 듣고 있는가? 어떤 사람들에게 귀를 기울이고 있고 누구의 말을 듣고 쫓아가고 있는지 반성하지 않을 수 없다.

올해 2013년 3월 새로 선출되신 프란치스코 교황님께서는 몸소 가난하게 살아오셨고 가난한 사람들에 대한 관심이 지대하시다. 우리 시대의 예언자적 모습으로 교회와 전 세계에 밝은 빛이 될 것으로 믿는다. 특히 네오콘(신보수주의)의 영향으로 사람들이 날로 심하게 양극화 되어가고 있는 실정에서 시대의 징표가 되실 것을 기대해 본다.

"그분의 자비는 대대로 당신을 경외하는 이들에게 미칩니다. ……비천한 이를 들어 높이셨으며 굶주린 이들을 좋은 것으로 배불리시고 부유한 자들을 빈손으로 내치셨습니다."(루카 1,50-53)

과달루페 순례와 더불어 일행과 함께 아즈텍 문명의 유적인 피라미드를 찾아갔다. 멕시코에도 피라미드가 있다는 것은 어느 정도 알고 있었으나 그렇게 많이 있는 줄은 몰랐다. 이집트보다 많은 피라미

느가 있을 뿐 아니라 가장 큰 피라미드도 또한 멕시코에 있다는 사실도 놀라웠다. 그러나 이집트의 피라미드와 다른 점은 아스텍의 피라미드는 벽돌로 쌓아 올렸으며 또 그 목적이 왕들의 무덤이 아니라 제단이었다는 것이다. 그 제단에는 자기들의 신께 제물을 바치는데 살아 있는 사람의 가슴을 순식간에 열어 뜨거운 피가 흐르는 심장을 제물로 바쳤다고 한다. 섬뜩하지 않을 수 없는 인신공양이다.

아즈텍 문명은 16세기 스페인 정복자들에 의해 망했다고 하지만 이런 식으로 매년 몇 만 명의 사람들을 희생시켰다면 스스로도 망할 수밖에 없었을 것으로 추측된다. 이런 죽음의 문화는 오래 지속되기가 어렵기 때문이다. 정복자 스페인 역시 사람을 살리는 대신 식민지를 확보해가며 엄청나게 많은 원주민을 학살하였으니 역사의 비극이 아닐 수 없다. 우리의 문화 속에서도 죽음을 합리화하고 합법화시키는 것은 없는가? 매년 몇 만 명의 태아들이 빛을 보지 못하고 사라지고 있는 것은 무엇인가? 사형제도를 옹호하는 취지는 이해하지만 결국 죽음으로 모든 걸 해결하고자 하는 저의가 있지 않던가?

하느님은 아브라함에게 제단에 묶여 있는 네 아들 이사악에게 손을 대지 마라고 명하셨다. (창세 22, 12)

타코마 한인 공동체는 그 전부터 한인을 위한 자체 성당을 짓자고 하는 사람들과 그냥 샌 앤 성당을 떠나지 않으면서 더 많이 활용하자는 사람들과 또 성당은 아니지만 우리가 유용하게 사용할 수 있는 회관을 짓기 바라는 사람들도 있었다. 그래서 회관을 짓는데 필요한 것을 알아보기도 했다. 그런데 우리 공동체의 이런 기미를 알아 챈 샌 앤 성당 미국인 본당 신부님이 우리 공동체에게 제안을 해 왔다. 샌 앤 성당을 우리 공동체에 더 많이 활용할 수 있도록 배려하겠으니 함께 샌 앤 성당을 관리 운영하자는 것이다. 샌 앤 성당은 미국인 신자들이 줄어들어 적자 운영을 해야 하는 경제적 난관에 봉착하였던 것이다. 샌 앤 성당의 본당 신부님은 우리 한인들이 경제적 문제를 어느 정도 해결해 줄 능력이 있다고 본 것이다.

그 당시에 샌 앤 성당을 활용하는 공동체는 우리 한인들만이 아니리 태평양의 사모아에서 온 사람들, 필리핀과 멕시코 사람들도 있었다. 그래서 가령 성령강림절에는 여러 공동체들이 한 미사에 참석하여 여러 나라 말로 독서나 복음을 읽고 또 여러 나라 성가를 돌아가면서 불렀다. 그리고 주님의 기도는 동시에 여러 언어로 함께 바치면서 성당 안이 왁자지껄하고 다소 소란스런 모습이었다. 마치 사도행전에 나오는 첫 성령강림절과 비슷하다고 할까? 그래서 성령께서 우리를 모두 하나의 주님과 한 신앙으로 묶어주시는 분이심을 우리가 체험하는 미사를 거행해 왔던 것이다. 분명 가톨릭교회다운 모습이다. 이런 식의 합동 미사 봉헌을 몇 번 시행해 왔지만 분리 독립하고자 하는 사람들의 힘도 무시할 수 없었다.

아무튼 샌 앤 성당을 우리 한인 공동체가 얼마나 많이 활용할 것이고 운영에 얼마나 깊이 관여 할 수 있는가에 대한 문제로 씨애틀 교구청에서 관계자들과 몇 차례의 회합도 가졌다. 그러나 나는 임기가 거의 끝나갈 무렵인지라 이 문제와 우리 공동체 자체의 힘으로 성전을 건축하는 일에 대해서는 후임 신부님께 일임해야만 했다. 그리고는 안식년을 얻어 워싱톤주 스포케인Spokane의 곤자가 대학Gonzaga University으로 떠났다.

미국 워싱턴 주 스포케인

"안식일이 사람을 위하여 생긴 것이지,
사람이 안식일을 위하여 생긴 것은 아니다."
마르코복음서 2:27

곤자가 대학

스포케인은 워싱턴 주 맨 동쪽 끝에 있는 도시이다. 시애틀에서 90번 고속도로를 타고 동쪽으로 달리노라면 캐스케이드 산맥을 넘어 나무가 없어 볼품없는 반 사막지대를 지나고 깊은 계곡의 콜룸비아 강을 건너간다. 그러다가 좀 더 달리면 키 큰 소나무들이 보이기 시작하는데 이것은 스포케인이 가까워지고 있다는 표지이다. 이렇게 얼추 다섯 시간 가량 달려오면 아이다호 주 직전에 제법 큰 도시를 만나는데 바로 스포케인이란 도시이다.

스포케인은 아메리카 원주민 인디언 살리샨 부족의 말에 의하면 '태양의 아이들' 또는 '태양의 사람'이란 의미를 가지고 있다고 한다. 비가 많은 워싱턴 주의 동부 지방에 비하면 스포케인은 비가 적고 해

뜨는 날이 훨씬 많은 도시이나. 그래서 나온 말일까?

우리 지구는 태양에서 나와 태양을 중심으로 공전하고 있다. 만일 우리 지구가 태양의 영향권을 벗어나고 멀어지면 지구는 순식간에 암흑이 되고 얼음덩어리가 되어 죽는다. 만일 우리 인간이 하느님을 벗어나도 마찬가지다. 우리는 하느님을 중심으로 살아가도록 창조된 것이다. 이런 진리를 더 잘 깨닫도록 자유로움을 느끼게 한 안식년을 태양의 아이들이란 스포케인에서 맞이한 것이다.

이 도시의 한 가운데 있는 곤자가 대학교는 그 도시에 있는 대학 중에서 큰 대학교로 예수회에서 운영하며 내가 안식년 동안 머물며 재충전할 곳이다. 예수회는 워싱턴주에만 두 개의 대학을 운영하고 있는데 다른 하나는 씨애틀에 있는 씨애틀 대학교Seattle University이다. 그리고 미국 전체에는 22개의 대학을 갖고 있다는 말을 들었다.

사실 나는 타코마에 있으면서 씨애틀 대학에 한 학기 동안 청강을 한 적이 있었다. 그러나 거리가 너무 멀고 워낙 교통 체증이 심해 시간을 많이 빼앗겨서 한 학기로 마치고 타코마에서 약 40분 정도 떨어진 남쪽 레이시Lacey란 곳에 있는 샌 마틴 대학St. Martin's University에 등록하여 2년 동안 학점을 따며 정식 학생 생활을 하였다. 이 대학은 베네딕토 수도원에서 운영하는 학교로 그리 크지 않은 대학이었는데 인문학보다 이공계를 더 알아주는 대학이었다. 내가 이곳을 택한 이유는 가톨릭 수도원에서 운영하는 대학이기 때문에 우선 반값 등록금을 낼 수 있어 좋았고 미국에 살면서 영어를 활용할 수 있는 기회를 가지면서 또 새로운 신학 동향을 접할 수 있는 기회가 되지 않을까 하는 기대 때문이었다. 그러나 그곳은 신학교가 아니기에 신학 과목은 빈약하여서 다만 미국 사회를 더 잘 이해하기 위한 과목과 영성 과목을 수강하는 것으로 만족해야만 했다.

재미있는 것은 나는 학생이며 동시에 학부모였다. 학생이니까 시험을 보고 시험결과를 적은 통지표 역시 내 이름 앞으로 보내어졌다. 십인십색이라고 타코마 공동체에서 사목을 하며 동시에 학교에 다니는 것을 극히 일부이긴 하지만 달갑지 않게 생각하는 사람들도 있었다. 그래서 사목에 지장이 없도록 일주일에 두 번만 학교에 갔다. 학교에 다닌다는 것은 틀에 짜인 시간대로 살아야 하니까 다른 것을 포기한다는 것을 의미하기도 한다. 예를 들어 방학이 아니면 여행을 하지 못하고 때로 날짜가 맞지 않으면 다른 약속이나 즐거움을 포기할 수밖에 없기 때문이다.

그러나 스포케인으로 와 일 년 동안 안식년을 살면서 곤자가 대학에 다닐 때는 오히려 훨씬 가벼운 마음이었다. 그래서 2000년 대 희년을 희년답게 안식년을 보내며 살아갈 수 있었다. 어차피 일 년 후에는 떠나야 할 몸이니 복잡한 생각이나 부담을 갖지 않고 학교에 다니면 되었다. 그러면서 거기 있는 한인 천주교 신자들과 함께 주일이면 대학 기숙사에서 함께 미사를 봉헌하면서 점심을 같이 먹을 수 있어 좋았다.

당시 스포케인의 한인 천주교 공동체는 아주 적어서 15-20여명 정도 수일 미사에 나왔다. 여름철에 많이 올 때도 어린이까지 합해야 30명 정도의 작은 공동체이니 모두가 가족 같았다. 스포케인은 인구 25만 명에 비하면 다른 도시보다 우리 한인들이 매우 적은 편이다. 그것은 아마도 스포케인이 다른 어떤 인종보다도 백인들이 많이 살기 때문이라고 본다. 그래서 스포케인에서는 당시 해마다 거의 백인 우월주의자들(White Aryan Nation)이 자기들의 세력을 강화 확장하기 위해 거리를 행진한다. 그러면 다음 주간에는 반 아리안 반 인종차별주의를 위해 그보다 몇 배 많은 사람들이 거리를 행진하곤 한다. 아무튼 백인들이 많다는 것은 흑인들이 적다는 것이고 그렇게 되면 우리 한인들도 적을 수밖에 없다. 한인들은 흑인들을 대상으로 장사를 주로하기 때문이다. 앞으로 이민의 역사가 깊어지면 자연히 이런 흐름은 변화될 것으로 본다. 백인들이 많다는 것은 대학도 예외는 아니다. 내가 거기에 적을 두고 있을 때 곤자가 대학의 농구 팀이 다 백인으로 구성되어 있으면서도 농구를 잘해 전 미국의 대학 농구에서 16강까지 올라가는 좋은 성적을 내어 유명해지는 바람에 입학생이 늘어나고 대학 후원비가 많아져서 적자였던 학교 운영이 흑자로 돌아섰다는 말을 들었다.

곤자가 대학교 교정에는 곤자가 알로이시오 성당과 여러 건물이 있는데 그 중에 빙 크로스비Bing Crosby의 홀이 있다. 그는 1930년대 초부터 부드러운 저음의 가수로 활약했으며 1950년대 크리스마스 캐럴을 많이 불러 유명해진 사람이다. 그가 돈을 많이 벌자 모교인 곤자가에 기부를 해서 지은 홀이다. 미국의 대학은 이런 방법으로 모교 출신들의 후원을 받고 있는데 대학 운영에 상당한 도움이 되는 것은 다 아는 바다.

내가 스포케인에 가기 전에도 이미 미국인 신부님께서 매 주일마다 한인들을 위해 미사를 봉헌해 주신 분이 계셨다. 초창기 서강 대학에서 총장을 두 번이나 지내신 경력이 있고 연세가 높아 은퇴하신 분이셨다. 그러기에 우리말을 상당히 할 수 있어 한국어 미사경본을 사용하시지만 강론은 영어로 하셨다. 내가 그곳에 가자 신부님께서는 이제는 강론을 교대로 할 수 있어 좋다고 나를 환영해 주셨고 학기 중 예수회 신부님들의 저녁에도 몇 번 초대해 주신 적도 있다.

희년의 자유

스포케인에 머무는 일 년 동안 나는 아파트 생활을 하였다. 한국에서 아파트 생활을 청산하고 5년 만에 다시 시작했지만 이번에는 오직 나 혼자서 모든 것을 해결해야 했다. 그전에는 본당신부이기에 하루 세끼 식사는 말할 것도 없고 늘 많은 사람들의 도움을 받고 살아왔지만 거기서 만큼은 혼자 지내고 싶었다. 그래서 내가 밥을 짓고 빨래를 하고 모든 공과금을 매월 지불하면서 지냈다. 물론 다른 사람들이 마련해 준 김치나 된장이나 밑반찬도 있었지만 오늘은 무엇을 먹을지 미리 결정해서 내가 밥과 국을 요리하면서 살아갔다. 그런데 집안 일이 의외로 시간이 많이 걸린다는 것을 깨닫고 한 번에 2-3일씩 먹을 만큼 밥을 시켰다. 그래도 평일에는 늘 혼자 먹어야 했기 때문에 가끔 식사 초대를 받으면 그것이 여간 반갑지 않았다.

미국인들의 추수감사절(Thanksgiving)이 되어 학교도 며칠 간 휴강을 하게 되어서 혼자 점심을 해결한 후 너무 무료해서 극장으로 영화구경을 갔었다. 그런데 나를 포함해 고작 네 명만이 그 영화관에서 관람을 한 것이다. 모두가 가족과 함께 지내고 있는데 나 같은 사람이 나 외에도 몇 명 있었다는 것을 증명하는 것이다. 영화관을 나오자 눈이 펑펑 쏟아지고 있었다. 점점 더 외로움에 빠지는 분위기였다. 날은 조금씩 어두워지는데 밥을 또 혼자 먹어야 하나, 할 즈음 전화가 왔다. 와서 함께 저녁을 먹자는 초대 전화였다. 그 때의 반가움이란! 명절은 누군가와 함께 지내야 제격이다.

지금 우리 사회는 나 홀로 가정이 해마다 많이 늘어난다고 한다. 교회가 모든 사람들을 하나하나 다 챙기고 함께 하기는 쉽지 않다. 그러나 구역 별로 그 구역 안에 누가 홀로 살고 있는지를 알고 또 누가 명절을 홀로 지내는지도 파악할 수 있어야 하겠다. 우리 사회를 훈훈한 사회로 만드는 일은 얼마든지 많다. 나는 오늘 누구를 찾아갔고 또 누구를 만났는가? 자신에게 물어본다.

스포케인에서 지낸 한 해가 나에게 선사한 것은 평생 잊지 못할 자유로움이었다. 그러나 아무것도 할 것이 없는 자유는 진정한 자유가 아니다. 그것은 무료함이요 나아가 권태에 빠지게 할 수 있다. 학교에 가면서도 거기에 구애 받지 않고, 해야 할 일이 있지만 크게 구속

받지 않고, 하고 싶은 것을 할 수 있는 것 그런 자유를 누리며 살았던 것 같다.

초롱초롱한 빛으로 세상을 비추며 밤하늘을 가득채운 별들은 이루 다 헤아리지 못하는 자연의 깊은 신비를 느끼게 해준다. 번잡하고 분주한 세상에서 벗어나지 못하고 휘황찬란함을 찬양하며 사는 문명인에게 원주민 인디언이 했다는 말이 있다. "너희들 도시의 길은 너무 밝다! 너희는 별이 겁나느냐? 너희 음악 소리는 너무 크다! 너희는 바람의 속삭임이 두려우냐?" 나는 어머니 대지와 맑은 하늘이 얼마나 아름다운지 느낄 수 있는 축복을 주신 하느님께 감사드린다.

스포케인의 긴 여름방학은 날씨가 덥지만 습도가 낮아 지내기 편했고 여행도 마음대로 할 수 있어 좋았다. 캐나다의 록키Canadian Rocky Mt.를 다시 찾아가는 기회와 와이오밍 주에 있는 옐로우 스톤 Yellow stone 국립공원을 거쳐서 콜로라도 덴버까지 여행하는 기회를 가졌다. 행복한 시간이든 고달픈 시간이든 싫든 좋든 시간은 흐른다. 안식년이 끝나고 때가 되어 5년 만에 다시 고국으로 돌아오게 되었다.

"주님, 제 마음 다하여 찬송하며 당신의 기적들을 낱낱이 이야기하렵니다. 지극히 높으신 분이시여, 저는 당신 안에서 기뻐하고 즐거워하며 당신 이름에 찬미 노래 바칩니다."(시편 9,1-3)

대화동 본당(노동자 성 요셉 성당)

인간의 마음은 양파와 같이 여러 겹으로 둘러싸여 있어서 그 속내를 알기 어렵다. 그러기에 판단을 유보시킬 필요가 있다. 결정적인 판단은 결국 심연의 신비로 남겨 하느님의 심연과 함께 열려있는 질문으로 남겨두는 것도 좋다. 이천 년 역사를 지내오는 동안 교회는 사람들에게 적극적으로 때론 부족하게 하느님의 뜻을 전달하려고 애를 썼다. 하지만 사람들을 몰아치며 억지로 내리는 결정은 엄청난 상처와 후유증을 초래했다. 성경을 보면 강한 폭풍이 아니라 부드러운 산들바람 속에서 하느님의 음성이 속삭인다.(1열왕 19, 13) 모순으로 점철된 현실 앞에서 가장 현명한 길은 무엇일까? 동산에서 기도하시며 오직 순명으로 쓴잔을 받아들인 예수님을 본받아 나도 신비의 섭리를 겸양으로 수용하는 용기를 지니고 싶다.

정덕과 겸덕

부임지로 이동할 때마다 매번 그런 편이지만 대화동 본당도 전혀 예상하지 못한 본당이었다. 대화동 본당은 대화동, 오정동, 읍내동, 와동, 연축동, 신대동, 장동으로 구성되어 있는데 오정동과 대화동을 제외한 나머지 동들은 내가 신탄진 본당에 있을 때 신탄진 본당 관활권이었다.(대화동 본당이 설립된 것은 내가 신탄진에서 임기를 마치고 떠나기 얼마 전이다.) 그리고 대화동 본당에 부임할 즈음에도 옛 신탄진 본당에 속한 연축동, 와동, 신대동, 장동, 읍내동이 본당 전체 면적 중에 대부분을 차지하고 있다. 그래서 지역 면적으로만 보면 나는 똑같은 본당에 두 번 발령을 받았다 해도 과언이 아니다. 다만 인구 분포로 볼 때 그래도 오정동과 대화동이 시내 중심부에 가까워서 많은 사람들이 살고 있기에 나에게 옛 교우들보다 새 교우가 많은 것은 다행이라고 할까? 신탄진 본당을 떠난 지 13년의 세월이 지나서 사람들이 꽤 바뀐 것도 사실이다. 그 때는 없던 아파트가 들어서며 변화가 있었지만 대화동 본당 교우들의 삼분의 일 정도가 구면이다.

오랜만에 만나서 반가운 사람들이 있어 좋지만 지금과는 달리 그 때 부임 당시의 내 상식으로는 잘 이해하기 어려웠다. 게다가 바로 내 전임 신부님은 동기 동창이기도 하였다. 또 미국 타코마에서 주교님은 나에게 한마디 언질도 없이 대전교구에서 서울교구인 타코마 한인 공동체를 이양시키신 것이다. 그래서 복잡한 이런 저런 이유가 고개를 들어 주교님께 왜 이런 발령을 하셨는지 여쭈어 보았다. 그러나 주교님만 뵙고 내 얘기만 하였지 내가 수긍할 수 있는 답변은 듣지 못했다. 조금은 당황스럽고 개운치 않은 불편한 마음이었지만 이미 발령이 난 상태이고 순명하는 것이 도리이기에 부임지로 왔다.

사제가 순명 서원을 하였다 하더라도 이는 관료적 기능의 종속인이라는 의미는 아니다. 사도의 품격을 지닌 사람으로 그 누구 앞에서도 마땅히 인격적인 대접을 받아야 한다. 권위주의 앞에 무조건적 순명은 강요이고 억압이기에 순명의 가치를 떨어뜨린다.

순명에 대한 의미를 더 깊이 생각해 보자. 하느님께서 천사를 통해 성모 마리아에게 아들을 잉태하리라는 전갈을 전하며 마리아의 수락을 요청한 것은 마리아의 자발적 참여를 존중하기 때문이라 본다. 하느님은 마리아에게 무조건 강요하지 않고 자발적인 동의를 원하셨다. 그래서 그 순종이 가치가 있는 것이다. 교회는 그 아름다운 스스로의 동의(Fiat)를 매일 세 차례 삼종경을 통해 기억하고 묵상하게 한다. 순종이 굴종이 되지 않고 권위가 강요가 아니라 보다 잘 봉사를 하기 위한 자발적 순종과 겸손한 권위가 필요한 것이다.

지금 세계는 리더십Leadership의 혁명이 일어나고 있다. 이것은 예수님께서 성 목요일 저녁 제자들의 발을 씻어주시면서 "나는 너희를 더 이상 종이라 부르지 않는다. 종은 주인이 하는 일을 모르기 때문이다. 나는 너희를 친구라고 불렀다."(요한 15,15)라고 하신 말씀에서부터 지배의 리더십이 아니라 봉사와 공동체의 리더십으로 전환하기 시작한 것이다. 예수님은 주인과 종인 기존의 관계를 부숴버리고 새로운 관계로 친구라고 하셨다.

그간 인간의 역사는 지배 계급과 피지배 계급을 당연한 것으로 받아들여 왔다. 그러나 이 패러다임이 예수님으로 인하여 혁신되어 가고 있다고 할 수 있다. 지배하고 다스리는 패러다임에서 공동체와 함께 하며 봉사하는 새로운 패러다임이다. 아직 이런 구조가 요원하게 보일 수 있다. 그러나 이미 이런 변화는 시작되었고 이를 역행해서는 안 된다. 그리스도인은 그리스도께서 보여주신 것처럼 의식적으로 공동체 중심의, 공동체와 함께하는, 공동체 봉사를 위한 패러다임에 앞장서야 한다. 이런 의식을 갖고 지속적으로 공동체에 봉사하려면 무엇보다도 오만을 버리고 겸손해야 할 것이다. 겸손하지 않고는 불가능하다. 오만한 사람은 남을 지배하려 들지만 겸손한 사람은 공동체와 함께 어울리며 봉사한다. 이것은 꼭 교회안에만 한정된 이야기가 아니다.

교회의 교계제도敎階制度라고 하는 하이어라르키hierarchy는 그리스어로 성스럽다 혹은 신성함, 거룩함이란 하이어hier라는 말과 근본 혹은 원천이란 아르케arche가 합성된 말이다. 그래서 거룩한 전례를 거행하는 대표자를 뜻하였다고 한다. 이제 거룩함의 원천이란 예수님께서 강생하시어 인간이 되시어 십자가에 죽으시고 묻히시며 다시 부활하신 모습을 표현한 자기 비허의 필립비서 2장에 있는

케노시스kenosis식 삶의 양태나.

"그리스도 예수님께서 지니셨던 바로 그 마음을 여러분 안에 간직하십시오. 그분께서는 하느님의 모습을 지니셨지만 하느님과 같음을 당연한 것으로 여기지 않으시고 오히려 당신 자신을 비우시어 종의 모습을 취하시고 사람들과 같이 되셨습니다. 이렇게 …… 당신 자신을 낮추시어 죽음에 이르기까지, 십자가 죽음에 이르기까지 순종하셨습니다. …… 그리하여 예수님의 이름 앞에 하늘과 땅 위와 땅 아래에 있는 자들이 다 무릎을 꿇고 예수 그리스도는 주님이시라고 모두 고백하며 하느님 아버지께 영광을 드리게 하셨습니다."(필립 2, 5-11)

어릴 때 신학교에 들어가 얼마 안 되었을 때 나를 신학교에 보낸 본당 신부님께서 하시는 말씀이 신부는 두 가지 덕행이 필요하다고 하셨다. 하나는 정덕(결)이고 다른 하나는 겸덕(손)이라고 하셨다. 정덕이 필요하다는 것은 당시 어린 소견으로도 이해가 되었다. 신부는 결혼하지 않는 사람이라는 것을 알았기에 여자와 너무 가까이 하지마라는 것으로 납득하였다. 그러나 겸손이 필요하다는 말은 이해하지 못했다. 그 시절에 신부님은 사람들에게 늘 존경을 받는 사람으로 비쳤다. 나이가 많든 적든 사람들은 신부님 앞에서 인사를 하면서 허리를 굽혔다.

내가 첫 본당인 태안에 부임하여서 처음으로 안면도 누동 공소에 갔을 때이다. 사람들이 새로운 본당신부에게 인사를 드린다고 많이 몰려와 있었다. 거기에는 갓을 쓰고 연세가 높으신 분들이 몇 분 계셨다. 그래서 우리가 함께 방에 들어가자 그분들이 나를 아랫목에 앉히고는 큰 절을 하는 것이 아닌가! 깜짝 놀라 당황하면서 어찌할 바를 몰라 매우 난처했었다. 이것이 옛날 교우들이 신부를 대하는 모습이었다.

그렇기 때문에 신부가 겸손해야 한다는 말이 어린 나로서는 잘 실감할 수 없는 일이고 마음에도 쉽게 와 닿지 않고 이해하기 어려웠다. 그러나 신부로 살면서 겸손이 얼마나 필요하고 중요한지를 시간이 지나고 나이를 먹으면서 점점 더 많이 깨닫게 되었다. 권한이 많고 지위기 높이 올라갈수록 겸손해야 한다는 것은 겸손이나 오만이 단순히 한 개인의 문제에서 그치지 않고 그가 속한 공동체 모두에게 미치기 때문이다. 성경에도 겸손의 중요성에 대해 무수히 많이 가르치고 있다. 가령 이스라엘을 이집트에서 해방시키는데 결정적인 역할을 한 위대한 영도자인 모세에 대해 성경은 이렇게 전한다. "그런데 모세라는 사람은 매우 겸손하였다. 땅 위에 사는 어떤 사람보다도 겸손하였다."(민수 12, 3)

자존심과 오만은 조금만 한눈을 팔아도 길들이지 않은 망아지처럼 어느 새 고개를 쳐들고 날뛰려한다. 공동체 안에서 겸손하면서 합리적인 지도자가 되는 것이 얼마나 중요하고 어려운지 특히 한국 사회에서는 교회 안팎을 막론하고 아무리 강조해도 부족할 것 같다.

"하느님께서는 교만한 자들을 대적하시고 겸손한 이들에게는 은총

을 베푸십니다. (1베드로 5, 5)

객지에서 집으로

대화동 본당이 어떤 면에서 같은 본당에서 나의 두 번째 사목지로 정해진 이상 몇 가지 이점도 챙길 수 있었다. 첫째로 꽤 많은 사람들을 이미 알고 있다는 것이다. 나는 새 본당으로 부임할 때 그 본당 사람들을 미리 알려고 하지 않는다. 내가 직접 만나 대화를 하고 함께 살면서 아는 것이 더 낫다고 생각해서다. 사람들로부터 들은 이야기가 정확하지 않을 수도 있고 들은 이야기들이 선입견으로 작용하기 때문이다. 그러기 때문에 사람을 알고 사귀는데 시간이 많이 걸린다. 그런데 대화동에서는 벌써부터 알고 있는 사람들이 많았기에 서로 간에 흉허물 없이 대할 수 있어 마음이 아주 편했다. 물론 교우들이 소박한 면을 빼놓을 수 없다. 더구나 몇 년 동안 외국에 머물다 들어왔기에 그 자체만으로도 객지에서 집에 돌아온 것 같은 마음이 있었는데 대화동에서는 더욱 편한 마음이라 어떤 일을 수행하는데 별로 어렵지 않았다. 주님은 우리에게 모든 문을 닫아놓지 않는다. 한쪽 문이 닫히면 다른 문을 열어주시는 분이시다. 대화동 본당에서는 주일학교 교사들을 한 명만 제외하고 모두 어머니들로 구성했었다. 이것은 지금까지 다른 어느 본당에서도 실시해 보지 못한 대화동 본당의 독특한 면이었다. 또한 좀처럼 본당 사목에는 진출하지 않는 살레지오 수녀님들과 함께 기쁘게 잘 살았던 본당이다. 그리고 시간이 지

날수록 3층 꼭대기에 있는 가파른 사제관 출입도 익숙해졌다. 조심만 하면 큰 불편 없이 오르락내리락 할 수 있었고 거기서 재배하던 예쁜 꽃 잔디도 눈에 선하게 생각난다.

대화동 본당으로 부임한 지 얼마 안 되어 승용차가 필요해서 소나타 자동차를 구입하였다. 그러나 몇 년 동안 우리나라에서 운전을 하지 않다가 갑자기 운전을 하려니 좀 겁이 났다. 길이 좁은 것은 어쩔 수 없다고 하더라도 운전자들이 상대방은 생각하지 않고 자기 좋을 대로만 운전하기 때문이다. 조금만 양보를 해주면 좋을 텐데, 조금만 질서를 지키면 좋을 텐데, 왜 교대로 진입하지 않고 죽 꼬리를 물고 달려 나올까. 얼마 동안 이런 안타까운 마음이 생겼다. 정치인들은 입만 열면 우리나라를 위해 봉사하겠다고 큰소리친다. 좋은 나라, 부강한 나라, 잘사는 나라를 만들겠다고 한다. 모두 반가운 소리이다. 그러나 쉽지 않을 뿐 아니라 굉장히 어려운 일이다.

우리나라는 강대국들 사이에 끼어 있다. 중국, 러시아, 일본 모두가 넓은 땅에 많은 자원과 많은 인구를 가진 나라들이다. 우리는 그들과 같은 수준의 강군을 만들 수 없다. 그러다간 북한처럼 나라의 경제가 피폐될 것이다. 우리가 가야 할 길은 군사적 강국이 아니라 문화적 강국, 인권과 질서를 잘 지키는 나라, 공정 사회, 서로 간에 살기 편한 나라를 만드는 것에 역점을 두어야 한다. 군비 증강이 아니라 군비 축소를 통해서 평화를 어떻게 실현시키고 문화를 어떻게 장날해 나가는지를 보여주는 나라로 만들어야 한다. 우리가 길거리에서 조금만 양보해도 서로 신뢰가 생기고 살기 편한 나라가 된다. 이런 식으로 남북 간에 서로 조금씩 양보를 하면 안 될까? 우리가 뽑는 정치인들은 북한과의 대립을 통해서 정치적 이점을 얻고자 하는 사람들이 아니라 상호간에 군축을 통해 긴장을 완화하고 군사문화가 우리사회를 지배하지 않고 평화를 우선시 하는 사람들이어야 한다. 그리고 빈부의 격차를 줄일 수 있는 정책을 펴나가는 사람들이어야 한다. 그러나 현실은 그렇지 않다. 국민을 오도하여 과대망상증에 걸리게 하고 있다. 작은 나라이면 작은 규모에 맞추며 나라 살림을 현명하게 해야 하는데 북한의 호전적 위협을 강조해가며 미국 중국 같은 큰 나라를 닮아 비생산적인 군비에 너무 많은 돈을 쏟아 붓고 있다. 국방비가 이스라엘의 두 배가 넘고 새로운 무기를 구매하는데도 전 세계적으로 선두 그룹에 있다는 기사를 읽은 적이 있다. 매스컴을 장악하여 매카시즘을 불러일으키는 선동 정치는 오래지 않아 진실이 밝혀질 것이다. 우리 스스로 어리석음에 빠지지 말아야 한다. 쓸데없는 과욕으로 우리 국민이 과대망상에 사로잡히면 누가 이익을 보는 것일까?

"그러면 그들은 칼을 쳐서 보습을 만들고 창을 쳐서 낫을 만들리라. 한 민족이 다른 민족을 거슬러 칼을 쳐들지도 않고 다시는 전쟁을 배워 익히지도 않으리라."(이사 2,4)

우리나라 사람들은 결혼에 엄청난 돈을 쓰고 있다. 작은 것으로 만족하지 못하는 문화가 저변에 깔려 있는 것은 아닐까? 대화동 성당은 두리 예식장과 마당을 같이 사용할 정도로 인접해 있다. 그래서 봄과 가을, 결혼철이 되면 주일 미사에 온 교우들과 결혼식장에 온 하객들이 서로 혼잡을 이루어 매우 불편하였다. 그러나 하객들은 결혼 축하를 하러왔지만 정작 식장에는 들어가지 않고 식당에만 들어간다. 축하가 목적이 아닌 것이다. 이런 사람들이 아주 많기 때문에 꺼림칙하거나 이상하게 생각하지 않는다. 그러나 잘못된 문화는 고치고 좋은 문화는 지켜야 문화 강국을 만들어 갈 수 있다.

대화동 본당에서는 3년 동안 사목하면서 이주사목을 담당한 신부님의 요청으로 주일 오후 대화동 성당에서 영어 미사를 처음으로 실시하였고 함께 도왔다. 지금은 여러 군데에서 영어 미사가 있는 것으로 안다.

교구에서 일찍이 이주 사목을 위해 담당 신부를 배정하고 돌보도록 한 것은 잘 한 것으로 본다. 그러나 다문화 가정은 도시보다 농촌이 오히려 더 많은 실정이다. 도시에서는 노동자들이 많은 반면 농촌은 한국으로 시집와서 살고 있는 외국 여자들이 많지만 이들도 상당수가 가사 일만 아니라 직장이나 직업을 가지고 있다. 그런데 아직은 이주사목이 농촌에 있는 다문화 가정까지 충분히 손이 미치는 것 같지 않다. 여건상 물론 쉽지 않겠지만 너무 도시 집중으로 편재되어 있다. 농촌에 산재되어 있는 다문화 가정을 돌보는 일은 도시보다 더 많은 시간과 노력을 요구하는 반면 성과는 미미하기 때문에 보람을 넣기가 어려운 면도 있다. 그렇다 하더라도 교회에서 마저 농촌의 다문화 가정을 등한시하는 것은 옳지 않다. 하여간 이 문제에 다각적으로 접근하고 어떻게 해야 좋은지 연구해야 할 과제일 것이다. 나는 짧은 3년을 대화동에서 살고 공주 중동 본당으로 갔다.

공주 중동 본당(성모 성탄 성당)

지방 문화재 142호

뉘엿뉘엿 서편 하늘을 물들인 해거름의 노을을 보며 생각에 잠긴다. 백여 년 전, 멀리 프랑스에서 우리나라에 오신 선교사 신부님들이 충청지방의 많은 교우들을 보고 어떻게 돌보며 천주당은 어떻게 마련할까 고심하던 모습과 결의는 어떠했을까? 이 언덕배기의 나무 사이로 비치는 아름다운 황혼을 바라보며 고딕풍의 성당을 지으신 오래 전의 전임자 신부님을 떠올려본다.

석양이 아름다운 이유는 그날의 하루가 그만큼 고단하고 힘겨웠다는 것도 담겨 있을 것이다. 성당 짓는 일이 얼마나 지난한 것인지 조금 경험한 나로서 그분의 성덕과 노고와 예술 감각에 경의를 표하지 않을 수 없다. 나를 이곳으로 보낸 하느님의 섭리는 무엇일까? 어쩌면 내 염혼殮昏을 더 잘 준비하고 장식하라는 깊은 뜻이 담겨있지 않을까? 언덕에 있는 평화롭고 아름다운 성전에서 생각한다.

그동안 내가 사목해온 본당들은 대개 역사가 짧았다. 제일 역사가 오래된 본당이 대화동이고 나머지는 모두 10년이 넘지 않았다. 그래서 한 번쯤 긴 역사를 간직한 본당에서 사목하고 싶은 마음도 있었다. 공주 중동 본당은 100년이 훨씬 넘었다.

대전교구의 오래된 본당들은 구합덕과 공세리 그리고 공주 중동 본당이다. 공주 중동 본당은 1897년 진 보안(Guinand Pierre Jean) 베드로 신부님께서 초대 신부님으로 부임하여 설립하였다. 이보다 앞서 충청도에서 많은 활동을 한 파리 외방전교회의 두세 신부(Doucet Camille Eugène)는 당시 교구장에게 보내는 보고서에 이렇게 적었다.

"교우들이 공포의 대상인 포졸들의 포악한 탐욕으로 유명한 도의 수부인 공주에서는 지난 해(1888년) 처음으로 모임을 가질 수 있었습니다. 어떤 아전의 아내가 세례를 받았는데, 그 여인이 영리하고 권위도 있었으므로 어쩌면 다른 여자들을 성교회로 이끌어 자기 본을 따르게 할지도 모르겠습니다."

그 후 공주에 공소가 설립되었고 이 무렵 공주읍내에는 신자수가 20명 내외였다고 전한다.

공주 성당 건물이 건립된 것은 1936년 최종철(마르코) 신부님에 의해서다. 특징이라면 크지는 않지만 전통적 고딕식 건물에 전체적으로 균형이 잘 잡혀 아담하고 매우 아름답다. 그래서 성당에 들어가면 마음이 안정되고 한결 차분해지는 기분이다. 이토록 유서 깊은 중동 본당에 제 20대 본당 신부로 발을 디뎠다.

공주 중동 본당 부임 후 첫 어린이 미사에 들어갔을 때다. 어린이 미사는 어디서나 늘 소란스럽고 부산하다. 어린이들의 생리상 그럴 수밖에 없다. 에너지가 넘쳐나는 어린이들은 천천히 걷지 않는다. 뛰기 아니면 서 있기다. 성당에서 천천히 걸으라고 그렇게 많이 타일러도 잠깐이고 금세 또 뛰고 소리 지른다. 아주 특별한 소수의 아이나 몸이 아픈 아이가 아니고는 가만히 있지 못하는 것이 어린이의 특성이다.

그런데 중동 본당의 어린이들은 비교적 차분하고 조용하였다. 고요한 성당에서 어린이가 손을 모아 기도하는 모습을 보노라면 사랑스럽고 대견하다는 마음이 절로 우러나온다. 여기 작고 아름다운 성당, 중동 본당의 어린이들은 모두 교육을 잘 받아서 일까? 또는 어린이 숫자가 많지 않아서 일까? 물론 그 이유도 없지 않겠지만 그것만은 아닌 것 같다. 유심히 살펴보니 어린이들이 성당에 들어오면서 신발을 벗어 신발장에 넣고 들어오는 것이다. 신발을 벗어 신발장에 넣는 동작은 밖에서 뛰어놀던 동작의 연속일 수가 없다. 다른 본당에서는 신발을 신고 성당에 들어온다. 성당 문간에서조차 잠시 주춤할 필요가 없다. 밖에서부터 그냥 냅다 뛰어 들어온다. 그래도 거칠 것이 없다. 그러나 중동 성당에서는 그럴 수가 없다. 일단 멈춰 신발을 벗이아 하고 신발을 신발장에 넣는 동작을 통해서 우선 밖에서의 동작을 멈춰야 하기에 거룩한 성전과 바깥이 자연적으로 구분된다. 그런 행위를 통해 자신이 새로운 환경에 처해 있음을 의식적으로든 무의식적으로든 알맞게 새로운 몸가짐을 갖는다. 또한 성당 안에서 정숙해야 한다는 교육도 효과를 준 것이고 스스로 신발을 벗는 자연스런 동작이 성당의 입당 예식 행위로 바뀐 것이다.

오늘날은 옛날에 비해 성당에서 정숙함을 잃어버린 것 같다. 어린이만 그런 것이 아니고 어른들도 비슷하다. 미사 시간에는 덜 하지만 일반적으로 너무 말이 많고 큰 소리로 떠들어 시끄럽다. 성당은 기도하는 곳과 거룩한 곳으로 가르치고 있지만 실제로 말과 행위가 일치하지 않는다. 우리의 삶에서 성당이란 공간마저 거룩하게 보존하지 않는다면 고요와 침묵 속에 현존하시는 분을 찾으러 우리는 어디로 가야 하나? 우리나라는 고도의 도시화(약90%) 현상으로 도시에서는 많은 소음 공해에 시달리고 있으며 조용한 곳을 찾기가 쉽지 않다. 아파트 층간 소음으로 이웃 간에 불화가 일어나고 심지어 살인까지 벌어질 정도로 극한 상태까지 이르는 경우도 있었다. 안타까운 일이다.

많은 비신자들이 성당을 찾는 이유 중 하나는 삶에서 고요하고 거룩한 곳에 대한 목마름 때문이 아닐까? 거룩한 공간을 갖는 것은 내적 힘을 간직한 것처럼 든든한 일이다. 그래서 가정에서도 방이 여유가 있다면 따로 기도하는 공간을 마련하라고 권장한다.

　미디안으로 피신한 모세는 어느 날 양떼를 치던 중에 이상한 현상을 본다. 나무떨기가 불에 타는데도, 그 떨기는 타서 없어지지 않았다. 모세는 이 놀라운 광경을 보러 가까이 가자 주님의 소리가 들렸다. “이리 가까이 오지 마라. 네가 서 있는 곳은 거룩한 땅이니, 네 발에서 신을 벗어라.”(탈출 3, 5)

　어떤 환경에서 말하고 교육하느냐 하는 것이 중요하듯 기도 역시 어떤 환경에서 하느냐가 매우 중요하다. 그렇지 않으면 피정의 집이 따로 필요 없을 것이다. 좋은 환경, 알맞은 환경, 거룩한 성당 분위기가 필요하다. 이런 면에서 중동 성당은 기도하기에 참으로 좋은 환경이라고 본다. 선례의 시작은 성당에 들어가는 형식으로부터 출발한다.

　중동 성당을 건립한 시점은 일제 강점기인 1936년에서 1937년이었다. 기록에는 당시 성당을 짓는데 3만원이 소요되었다고 한다. 그리고 프랑스에서 종을 구입하는데 100원이 들었다고 적혀 있다. 요즘의 화폐 단위로는 잘 파악되지 않는다. 그런데 당시 쌀 한 가마가 22원 정도였다 하니 조금 짐작이 간다. 또 성당 축성식(완공)에는 3천명이 왔다고 기록되어 있다. 교통이 불편한 그 당시 멀리서 이렇게 많은 사람들이 몰려 왔다니 우선 놀랍고 새 성당에 대한 호기심과 깊은 애정과 기대가 함께 하지 않았나 싶다.

　이 성당을 지으신 최종철 신부님은 무려 24년을 중동 성당에만 계시다가 1945년 선종을 하셨다. 그분의 무덤이 성당 안에 있었는데 내가 부임하기 전에 대전교구 전의에 있는 신학교 뒷동산 하늘 묘원(성직자 묘지)으로 이장이 되신 후 한 동안 파묘가 되어 아무것도 없었다. 그런데 최종철 신부님의 시신을 옮기는 중에 중동에 그대로 둔 신부님의 하악골(아래턱뼈)과 신발창의 유품을 모아 나는 다시 신부님의 묘비와 함께 2008년 유해 묘를 복원하였다.

성당 건물은 본당 설정 100주년 때 거의 모든 부분을 개수하고 보수를 하였지만 약 십여 년이 지나고 보니 내부 벽과 천정에 심한 균열이 생겼다. 그래서 성당을 전반적으로 보수하기로 하였으나 성당 건물이 지방 문화재(142호)이기에 함부로 손을 댈 수 없을 뿐만 아니라 현대식으로 간편하게 페인트로 보수를 하는 것이 아니고, 문화재 보수를 전문으로 하는 사람들의 고증을 거쳐 옛날식으로 긴 시간 동안 석회를 가지고 내부를 칠하면서 보수를 하였다. 이와 함께 성당 외벽의 부식된 벽돌도 갈아 끼우는 작업을 하였다. 그리고 역사적으로 가치가 있는 고귀한 건물임을 암시해 주는 방법으로 밤에 성당을 보다 아름답게 보이기 위해 성당 외부의 조명 공사도 마쳤다. 은은한 조명은 멀리서 성당의 위치를 알려줄 뿐만 아니라 품격을 높여주는 것이라고 여겨졌다. 이런 작업을 하면서 문화재 건물에 대한 보수가 얼마나 까다로운지 또 왜 까다롭게 규정하는지 배우고 깨닫게 되었다. 아무리 아름다운 성당이나 건축물이라도 방치하면 오래 가지 못한다. 언제나 끊임없이 살피고 보수를 해야만 아름답게 보전될 수 있다.

하느님의 작품

“우리는 하느님의 작품입니다. 우리는 선행을 하도록 그리스도 예수님 안에서 창조되었습니다.”(에페 2,10)

하느님의 소중한 작품인 인간을 더럽히는 것은 무엇이고 깨끗하고 아름답게 만드는 것은 무엇일까? 우리 현대인들은 건강을 지키고 향상시키기 위해 백방으로 노력한다. 규칙적인 운동과 몸에 좋은 식단이나 섭생攝生을 통하여 육체의 건강이 지켜지듯이 영과 육, 온몸의 건강과 아름다움도 아무런 노력 없이 저절로 이루어지지는 것은 아니리라.

요즘 우리사회는 외모 지상주의가 다른 어느 나라보다 강하다. 가령 미국에서는 겉옷으로 무엇을 입고 걸치든 별로 관심 없이 살던 사람이 한국에 오면 옷의 맵시와 얼굴 치장을 위해 몹시 신경을 쓴다. 보다 아름다운 외양을 갖고 싶어하는 본성을 탓하고 싶지 않다. 그러나 이런 우리의 성향을 보다 아름다운 내면을 가꾸는 운동으로 전환시킬 수는 없을까? 외적인 아름다움이 내적인 자신감을 주는 것은 좋지만 자만심과 우월감으로 내적인 미를 손상시킬 수 있기 때문이다. 진정한 아름다움은 안팎이 잘 균형 잡힌 데서 우러나올 수 있다.

하느님은 우리에게 진리와 선과 더불어 아름다움을 추구하도록 마련해 주셨다. 진선미眞善美. 이것은 인간을 인간답게 만들어줄 뿐 아니라 하느님께로 나가게 해주는 동력이다. 따라서 진선미에 대한 보다 깊은 의식을 일깨워주는 교육은 신앙에도 도움이 된다. 세계적으도 유명한 성당들은 사람들이 심혈을 기울여 아름답게 꾸민 성당들이다. 아름다운 예술과 종교는 서로 무관하지 않을 뿐만 아니라 오랜 역사 동안 서로 영향을 주면서 발전해왔다. 종교를 떠나서 문화가 발전되지 않는다는 사실을 역사는 보여주고 있지 않던가?

아름다움이야 말로 진리와 선과 더불어 어릴 때부터 심어주고 키워주어야 하는 교육의 내용이어야 할 것이다. 외면의 아름다움이 내면의 미와 조화를 이루지 못하면 오히려 천박해 보일 수 있음을…….

"여러분의 몸이 여러분 안에 계시는 성령의 성전임을 모릅니까?"(1 코린 6,19)

중동 성당에는 1946년에 설립된 매우 오래된 유치원이 있는데 이름이 근화 유치원이다. 근화槿花란 우리말로 무궁화를 뜻한다. 일찍이 교회에서 세웠으니 종교적 심성을 심어주는 것과 더불어 그 이름이 의미하는 바처럼 우리민족의 얼이 담긴 정체성 있는 교육 이념을 보여준다. 일제 강점기 직후에 설립하였기에 당시 시대적인 사명감으로 민족성을 부각시키려는 내밀한 시도라고 말 할 수 있겠다. 그러면 지금 우리시대에 기본이 되는 절실한 덕목은 무엇일까? 언제부터인지 어린이들에게 외국어, 특히 영어를 가르치기 위한 지나친 열풍이 일어나고 있다. 그래서 값비싼 책이나 비디오를 구입하면서 많은 투자를 아끼지 않는다. 자녀를 잘 기르고자 하는 부모의 마음은 이해가 되나 그 엄청난 비용과 어린이의 자유로운 놀이를 희생시키면서 벌이는 교육이 과연 필요한 것인가? 영어를 잘 할 수 있다 해도 정체성을 잃고 올바른 인성을 갖추지 못한다면 무슨 의미가 있을까? 우리사회의 많은 부정과 비리는 어디서부터 기인하는 것이고 이 시대에 필요한 덕목은 무엇일까? 나는 진실과 정의와 평화의 가치를 내세우고 싶다. 선거철이 되면 얼마나 많은 허황된 거짓이 난무하고 있는지 모른다. 그러나 많은 사람들이 이를 대수롭지 않게 여기며 그러려니 한다. 또 불의가 만연하고 평화가 위협을 받는다면 문화 선진국은커녕 최악의 사회로 추락하고 말 것이다. 어린 시절부터 진실의 가치와 정의에 대한 확고한 교육이 아쉽다. 어린이 조기 교육은 매우 중요하다. 그러나 조기교육을 강조하는데서 그치지 말고 건전한 인격형성을 위한 교육 방향이 주목적이 되어야 할 것이다.

고도古都의 무게

공주는 역사적으로 옛 백제의 수도였다. 그러나 북으로는 고구려, 동으로는 신라의 세력에 점점 쇠락하던 백제는 오래 지탱하지 못하고 부여로 천도하였다. 공주가 여전히 도청 소재지였으나 현대에 와서 도청이 대전으로 이전되면서 주민들의 반발을 무마하기 위해 대신 교육대와 사범대 같은 교육기관을 유치하면서 교육의 중심도시가 되었다. 그 결과 충남에서 가장 많은 교사들이 나왔으며 시민들이 자부심을 가지고 자기 고향을 발전시켰다. 누구나 자기 고향에 대한 향수가 있고 나름대로 자랑거리가 있지만 특히 공주 사람들의 애향심

은 남나는 것 같다. 나 역시 몸은 공주를 떠났지만 아직도 사이버 시
민으로 남아 있다.

공주에는 중동 성당 외에도 중동에서 분가한 두 개의 성당이 있고
황새바위 성지가 있다. 황새바위 성지는 박해시대에 가장 많은 가톨
릭 신자들이 처형된 곳이기도 하다. 여기서 순교하신 분들은 잘 알려
진 성인(손자선)과 교회 초창기 교회에 공이 많은 이존창 같은 분도
있지만 대부분 이름 없는 서민들이다. 그곳에서 사목을 할 때부터 성
지 전담 신부님이 마침 부임하셔서 성지 매입과 더불어 개발을 많이
진척시켰다. 또한 문헌을 통해 순교자 확인 작업을 계속하면서 이곳
에서의 박해로 치명한 교우들의 숫자가 더 늘어나고 있다고 한다.

다가오는 시대에 우리나라뿐만 아니라 어느 곳이든 그리스도교가
세속주의에 물들지 않고 힘 있게 사람들에게 다가가려면 세상에 대
하여 애정을 가지면서 세상의 왜곡되고 오염된 가치관에 타협하지
않아야 하리라. 그리하여 십자가의 영성이나 새로운 순교 영성이 이
땅에 피어나기를 바란다. 그렇지 않으면 그리스교는 세상을 변화시
키지 못하는 너무나 무기력하고 나약한 모습으로 전락할지 모른다.

교회는 현재 '신앙의 해'를 지내면서 무신론과 세속주의, 상대주의,
다원주의, 개인주의 등 신앙에 위기를 초래하는 잘못된 사회 풍조와
맞서 신앙을 지킬 뿐만 아니라 새로운 복음화를 강조하고 있다. 이에
적절한 것은 바로 순교영성으로 무장하는 것이 아닐까? 그것은 십자
가의 영성이고 파스카의 힘이고 승리의 원동력이기 때문이다. 문제

는 어떻게 순교영성을 혹은 순교정신을 우리 시대에 새롭게 부각시키느냐이다. 그것은 우선 신앙인들이 비신앙인들과 다르다는 것을 부끄럽게 여기지 않고 같은 동료에게 손가락질을 당하더라도 참고 꿋꿋이 우리의 파스카 신앙에 합당한 길을 가는 것에서부터 시작되는 것이 아닌가 한다.

교구의 계획에 따라 중동 본당의 화마루 공소에서 출발하여 중동 성당을 거쳐 황새 바위 성지까지 20킬로미터를 도보 순례한 적이 있다. 교구 내 많은 분들이 참석하면서 자연스럽게 중동 성당이 알려지게 되었다. 공주는 그리 크지 않은 도시지만 역사적으로 볼거리와 신앙적으로 중요한 성지를 보유하고 있기에 방문과 순례를 추천하고 싶은 곳이다. 중동 본당에 살면서 다른 많은 본당에서처럼 견문을 넓히고 배우며 더 성장할 수 있었기에 하느님께 감사를 드린다.

"주님의 집으로 가세! 사람들이 나에게 이를제 나는 기뻤네. 예루살렘, 네 성문에 이미 우리 발이 서 있구나."(시편 122, 1-2)

태평동 본당(한국 순교 103위 성당)

언제나 기뻐하십시오. 끊임없이 기도하십시오.
모든 일에 감사하십시오. 이것이 그리스도 예수님 안에서 살아가는
여러분에게 바라시는 하느님의 뜻입니다.
1테살로니카 5:16-18

함께 살기

편백나무 우뚝 솟은 숲을 보노라면 참으로 멋있기에 균형이란 무엇이고, 중심을 지니며 자라나는 것이 어떤 것인지 잘 일깨워준다. 어느 한쪽으로 기울거나 치우지지 아니하고 대칭을 이루며 성장하는 건 아름다움을 넘어 고매함까지 선사한다. 하지만 아무리 반듯하게 살아왔다 하더라도 생의 정점인 우듬지에서 아래를 바라보듯 자신을 돌아본다는 것은 오직 자기중심에서만 바라볼 수밖에 없기에 측면의 모습을 간과하기 쉽다. 옆에서 누군가 보아주어야 편백나무의 그 진가를 알아볼 수 있는 것이 아닌가. 나는 홀로 서 있는 편백나무가 아니라 함께 성장하는 편백나무 숲이 되고 싶다.

태평동은 대전시의 번화가는 아니지만 도시의 주거지역으로 자리 잡은 곳이다. 태평동 본당은 본당신부로서 내 사목지의 마지막이 될 본당이라는 면에서 각별하고 또한 보좌 신부들과 함께 살았던 처음이자 마지막 본당으로 독보적이다. 지금까지 내 부임지는 마치 충청도 일대를 이리저리 유랑하듯 작은 본당에서 지냈는데 이름마저 태평인, 편안해지고 커다란 느낌이 물씬 풍기는 곳으로 왔다. 이는 내가 거쳐 온 다른 어느 본당보다 신자수가 가장 많은 본당이라는 의미이기도 하다. 신자 수효가 일정 범위에 이르지 않으면 통상 보좌 신부 없이 본당 신부 홀로 사목을 담당해야 하기 때문이다.

지금까지 혼자 사목을 하던 내가 보좌 신부와 함께 공동생활을 하면서 사목한다는 것은 기대 반 걱정 반이었다. 우선 그런 경험이 없기 때문이다. 그리고 실제의 생활 역시 예상했던 대로다. 주일마다 보좌 신부가 도와주어 힘이 쉽게 소진되는 나이에 혼자서 모든 미사를 드리던 육신의 노고를 면하게 되어 다행이다. 한창 활동력이 왕성한 학생들이나 젊은이들과 늦게까지 어울릴 필요가 없는 것도 좋다. 또 학생들의 많은 프로그램에 일일이 신경을 덜 쓰는 것도 마음 편하게 만들어 준다. 그 외에도 보좌 신부가 있어 좋은 점들은 일일이 손가락으로 헤아릴 수 없다.

그렇지만 한 편으로 내가 오랫동안 혼자서 사목을 해온 탓인지 혹은 젊은 보좌 신부와의 세대 차가 커서인지 이해하기 힘든 면도 꽤 많이 볼 수 있었다. 모두가 그런 것은 아니지만 아직도 사목적인 소

…을 더 배우고 익혀 섬세한 태도로 삶의 지혜를 기르고 깨쳐야 하는
데 이론과 현실의 차이일까, 모든 것을 다 아는 양 가볍게 처신하며
신중하지 못하게 나서는 것이 좀 안타까웠다. 이제 나이가 들다보니
아무래도 젊은이들을 만나는 기회가 적고 교우들 수도 많아서 세부
적으로 섬세한 파악이 쉽지 않고 시간이 많이 걸리는 피치 못할 어려
움도 나타난다. 그리하여 본당 전체의 사목 방향을 정한대로 이끌어
가는 것이 마음대로 되지 않는 경우가 허다하다. 게다가 아무리 본당
신부에게 권한이 많다 하더라도 미사 강론이나 보좌 신부의 모든 생
활 태도를 간섭할 수 없는 노릇이다. 신학교를 갓 나온 새 신부에게
제재를 많이 하면 의기소침해 질 수 있고 내 기준으로 거스른 행동을
그냥 보기만 하는 것도 쉽지 않다. 더구나 본당신부의 생각과 계획이
보좌 신부의 생각과 일치하지 않을 때는 자칫 오해와 갈등도 생길 수
있다.

그럼에도 불구하고 세대가 다른 사목자가 함께 살며 사목할 이유
는 충분히 있다. 가장 중요한 것은 교회는 하느님 백성의 공동체이기
때문이다. 이것 하나만으로도 여러 단점을 보완할 수 있으며 또한 나
의 장·단점을 돌아다 볼 수도 있다. 그리스도는 모든 것을 아시고
당신 혼자서 세상만사를 주관하시고도 남지만 그분은 홀로 일하지
않으셨다. 사도들을 뽑으시고 그들과 함께 당신 나라를 건설하시고
자 하셨다. 그밖에도 보좌 신부들 역시 좋은 면이나 그렇지 못한 면
도 배울 수 있을 것이다. 내가 보좌 신부와 살아 본 기간이 한 본당에

국한된 짧은 기간이기에 이에 대해 길게 언급하는 것은 그다지 신빙성있게 들리지 않을 수 있다. 하여간 마지막 부임지인 태평동에서 5년간 생활하면서 네 명의 보좌 신부와 함께 생활할 수 있었던 것이 은퇴를 앞둔 신부로서 좋은 경험이며 주님의 은총이다.

지난 사십년 동안 그간 여러 본당에서 모두 일곱 명의 신학생을 추천하여 신학교에 보냈다. 그 중에 세 명은 이미 신부가 되었고 나머지 네 명 중에 한명은 공주 중동에서 보냈고 아직 신학생이다. 그리고 태평동에 와서는 처음으로 세 명의 신학생을 추천하여 신학교에 보냈다. 3년 동안 해마다 계속 한 명씩 신학생을 추천하여 보낸 것이다. 사목생활을 하면서 한 본당에서 한 명 이상 신학생을 보낸 적이 없었는데 이렇게 한 본당에서 많은 신학생을 보내게 될 줄은 전혀 예상하지 못했다. 게다가 전임 신부님께서 이미 네 명의 신학생을 보내어 모두 일곱 명의 신학생이 있다. 이 글을 쓰고 있는 현재 태평동 본당이 대전교구에서 가장 많은 신학생을 보유한 본당이다. 이것은 순전히 우연의 일치인지 또는 앞서 신학교에 들어간 선배 신학생들이 모범적으로 잘 살아서 성소를 위한 좋은 환경이나 풍토가 조성되어서인지 잘 모르지만 어쨌든 주님의 특별한 안배이고 은총이라 여긴다.

본당에서 신학생들 여럿이 함께 어울리다 보니 숨겨진 사생활이 거의 없는 것 같다. 이것은 본의든 아니든 신학생들 스스로 성소의 길에서 이탈하지 않도록 서로 간에 격려가 되고 서로 살펴주는 긍정

석 사봉을 하는 것 같다. 본당에서도 현재의 성소를 잃지 않도록 좋은 분위기를 만들어주어야 하겠다. 그것은 기도이고 신학생을 사랑하고 아껴주며 지원하는 것이겠다. 한 본당에 신학생들이 많다보니 그들에 대한 지원을, 특히 경제적인 면에서 충분하지 못한 실정이 아쉽고 어떻게 해결해야 좋을지 애면글면하게 된다. 그리고 신학생 한 명 한 명에 대한 깊은 배려나 대화가 부족한 것 같다. 희소성의 가치보다는 함께 동반하는 가치를 키우고 치우침이나 편기偏嗜 없이 울력의 힘을 깨닫도록 하는 아름다운 공동체 정신을 배우는 계기로 삼으라는 섭리로 보고 싶다.

현재 전 세계적으로 보면 성소가 매우 부족한 형편이다. 다행히 우리나라는 사제성소가 아직 좋은 편이고 우리 본당은 더 좋은 편이지만 앞으로의 전망을 꼭 낙관적으로만 볼 수 없는 징후가 나타나고 서구의 교회를 따라가는 것 같다. 풍요로운 사회와 성性의 개방과 가족 중에서 형제가 없는 상황 등은 모두가 성소에 부정적인 요소들이라 할 수 있다. 그동안 한국에서는 신부들이 다른 어느 나라 못지않게 존경을 받고 권위가 있는 위치에서 이른바 특권을 누려온 탓에 선망의 대상이 되어 왔지만 이제는 그런 시대도 끝나가고 있다고 보인다. 이렇게 성소를 향해가는 길이 열악해져가는 세상에서 오히려 진정한 의미에서 올바른 성소를 길러주는 긍정적인 요인으로 간주될 수 있겠다.

한국 경제는 수출 대국으로 알려져 있다. 이미 수출 없는 한국 경제를 생각할 수 없는 것처럼 한국 교회도 커다란 관점에서 볼 때 많이 동감하는 바이니 해외 선교사명을 염두에 두어야 할 것이다. 거대한 중국과 일본과 동남아와 몽골 등 얼마든지 선교지가 많다. 그리고 먼 장래일지 아니면 가까운 장래일지 알기 힘든 북한도 포함된다. 그렇다면 우리가 할 일은 무엇일까? 우리의 선교사를 기다리는 곳이 있는가 하면 기다리지 않지만 먼저 진출해야 할 곳도 있다. 이런 면에서 한국 교회는 장기 계획을 세우고 신학교에서도 신학생들에게 교구나 국내뿐만 아니라 더 넓게 바라보는 눈과 멀리 나가는 용기를 심어주는 교육이 병행되어야 할 것이라고 본다.

"수확할 것은 많은데 일꾼은 적다. 그러니 수확할 밭의 주인님께 일꾼들을 보내 주십사고 청하여라."(마태 9, 37-38)

태평동 본당의 주보는 한국의 103위 순교 성인들이시다. 그래서 이것을 크게 부각시키기 위해 부임하면서 곧 대형 103위 순교 성인들의 상본을 성당 우편 제대 옆에 걸어 모셨다. 성당에 들어오는 모든 사람들에게 이것이 쉽게 눈에 띄게 함으로써 태평동 성당의 주보가 누구인지를 알아볼 수 있도록 하기 위함이다. 또한 태평동 신자들이 본당 주보성인에 대한 관심을 고취시키면서 순교 영성을 심화시켜 주는데 도움이 되기를 기대해서이다.

기실 순교정신(영성)은 꼭 태평동 본당 신자들에게만 필요한 영성이요 강조해야 할 사항이 아니다. 순교정신에 대해 앞에서도 언급을 했지만 우리나라의 교회사뿐 아니라 교회 전체의 매우 중요한 밑거름이고 활력소로 삼아야 할 것이다. "순교자의 피는 복음의 씨앗"이라는 테르툴리아누스 교부의 말을 빌리지 않는다 하더라도 순교정신은 교회가 이 지상에 있는 한 결코 퇴색될 수 없는 매우 중요한 영성이다. 현재는 비록 옛날처럼 물리적으로 목숨을 내걸고 신앙생활을 하거나 전 재산을 포기해야만 하는 것은 아니지만 순교정신은 언제나 강조되어야 한다. 즉 세상을 사랑하면서도 세상의 가치를 따라가지 않는 생활이라든지 믿음으로 인해서 소위 따돌림이나 무시, 일종의 불이익을 감수할 수 있는 그런 용기이다. 오늘날 신앙이 너무 나약하기 때문에 세상을 변화시키지 못하고 이것도 저것도 아닌 어정쩡한 상태로 살아가는 그리스도인들이 얼마나 많은가? 세례 받는 신자들 못지않게 냉담에 빠지는 신자들이 부쩍 늘어나고 있는 형국에서 순교 영성을 더 강조할 필요가 있다고 본다.

특별히 신앙의 해를 지내면서 교우들에게 신앙심을 키워주는데 103위 순교성인들이 보여준 순교 영성보다 더 훌륭한 신앙의 모델은 없을 것이다. 한국 교회는 이런 면에서 태평동본당만 아니라 다른 어느 교회보다 평신도의 순교정신 함양에 유리한 환경에 있다고 하겠다. 전국적으로 125위 시복 시성을 위한 기도를 바치고 있는데 기도를 바치는 것과 더불어 좀 더 순교 영성에 대한 교육을 병행해 나간다면 더 좋은 효과를 거둘 수 있을 것으로 본다.

"여러분은 죄와 맞서 싸우면서 아직 피를 흘리며 죽는 데까지 이르지는 않았습니다. 여러분은 하느님께서 여러분을 자녀로 대하시면서 내리시는 권고를 잊어버렸습니다."(히브 12, 4-5)

육의 고난, 모든 일에 감사

2012년 상반기에 나는 한 달 새 두 번이나 위와 대장 내시경검사를 받았다. 물론 이것이 처음은 아니지만 작년에 받은 내시경은 나에게 건강에 대해 남다른 관심을 갖도록 했다. 첫 번 내시경 후에 의사 선생님으로부터 한 달 안으로 다시 해야 한다는 말을 듣는 순간 몹시 불안을 느꼈다. 왜 그래야 하나, 한번 받는 것도 고역인데 또다시 하라하니 무엇이 크게 잘못된 것일까 하는 의아심이 일었다. 500cc 여덟 통의 물은 마시면서 남산 만하게 부풀어 오른 배를 가지고 화장실에 드나드는 힘든 시간을 보내는 것도 그러하고 대장과 위 안에 큰 용종들이 있기에 그럴 수밖에 없다는 의사 선생님의 말을 들으며 앞으로 나는 건강으로 인해 이와 비슷한 고달픈 시간이 얼마든지 있을 수 있다는 생각이 들었다.

한 달 후 두 번째 내시경을 준비하는 과정은 첫 번째보다 훨씬 고역이었다. 첫 번째 준비 시에는 견뎌 낼만 하였는데 두 번째는 밤 새벽 3시가 넘었는데도 뒤가 잘 나오지 않는 것이었다. 육체의 장 청소를 하는데도 메스꺼움과 답답함과 배부름의 괴로움을 거쳐야 한다면 영혼이 깨끗해지기 위해서도 어떤 식이든 불편함과 고통의 과정을 거쳐야 하는 것이 아닐까? 그 때가 마침 사순절이어서 이런 생각도

들었다. 내 스스로 십자가를 택해서 메고 갈 용기가 없어 이런 힘든 시간을 허락하시는 것인가? 또 주님께서 겟세마니에서 하신 기도가 떠올랐다. "아버지, 하실 수만 있으시면 이 잔이 저를 비켜가게 해 주십시오."(마태 26,39) 겨우 이까짓 작은 것으로 주님 수난의 쓴 잔에 비견하다니 무슨 호들갑인가? 그렇구나. 입으로는 고통의 의미니 십자가의 길을 참 많이도 되뇌어 왔었는데 대부분 책에서 본 것을 제삼자로서 말한 경우가 얼마나 허다했던가.

그러나 고통이나 시련을 겪고 나면 우리는 생각보다 더 강력한 몸으로 말할 수 있는 힘이 솟아난다. 몸의 기억은 머리의 기억보다 오래가듯이 몸으로 말을 하면 상대와 소통도 더 잘 되는 것 같다. 그래서 고통 받는 다른 사람의 처지를 훨씬 잘 이해하면서 함께 할 수 있는 것이다.

병원신세를 져 본 사람은 다 그런 경험을 했겠지만 병원에서 자기가 할 수 있는 것들이 거의 없다는 것을 느낀다. 의사의 지시대로 해야 한다. 이것은 우리가 마취 상태라든지 수면 상태에서 수술이나 시술 등을 받을 때에만 그런 것이 아니다. 우리가 병들고 아플 때 우리는 자신의 무력함과 함께 우리의 삶은 그야말로 수동적 모드Mode가 된다. 이 수동적인 모드가 다 나쁠까? 저명한 영성학자인 헨리 나웬 Henri Nouwen은 수술을 하기 위해 병원에 입원했을 때를 이런 식으로 표현한 적이 있다.

"우리는 사람에게 전적으로 수동적으로 의존하게 되면 노예가 되는 것이다. 그러나 하느님께 의존하고 수동적이 될 때 우리는 자유롭게 된다. 하느님께서 우리를 붙들고 계실 때 우리는 안전하다. 우리가 하느님과 깊은 친교 안에서 그분께 의존적이 될 때 이것은 큰 선물이 된다. 우리가 하느님의 자녀가 되는 자유를 느끼기 때문이다. 우리가 두려움을 넘어설 수 있고, 우리가 태어나기 전부터 우리를 사랑하시고, 현재도 우리를 사랑하시며, 죽은 다음에도 우리를 사랑하실 하느님과 함께 할 수 있을 때 우리가 겪는 병환이나 부상이나 죽음까지도 우리의 자유를 빼앗아 가지 못할 것이다."

생각해보면 고통이나 질병을 대면하면서 우리는 두려움과 우리의 부자유와 고통을 어떻게 극복힐 깃인가? 하는 문제를 긴과할 수 없다. 이것이 오직 삶을 짓누르고 우리를 왜소하게 만들고 우울증에 걸리게 하는 부정적인 것으로만 여겨야 하는가? 그렇다면 모든 수단을 다 동원해서 막아야 하고 퇴치해야 하고 그로부터 도피해야 할 것이다.

2013년 사순절에 나는 또다시 의사의 지시로 위와 대장 내시경검사를 했다. 이번에도 작년처럼 아주 곤욕스러운 준비과정을 거쳤다. 배가 지나치게 부르다는 것 이것 하나만으로도 나 자신을 가눌 수 없고 괴로워 내 의지와 상관없이 만사를 거부하게 된다. 내시경은 이에 비하면 간단하고 수월하다. 드디어 모든 과정과 검사를 마치고 집에 왔을 때 가벼워진 몸을 느끼는 순간 자연스럽다는 것이 얼마나 좋은지를 새삼 깨달았다. 편안하고 자연스럽게 숨을 쉬면서 평소에는 느끼지 못했던 평범함에 감사했다. 그러면서 이런 감사의 마음이 오래 지속하기를 기원했다. 그러려면 어떻게 해야 할까? 기본적으로 매사를 당연한 것으로 받아들이지 말아야 할 것이다. 눈앞의 것들을 의당 그런 것으로 치부하고 당연하게 생각하는 데서는 감사의 마음이 들어갈 틈이 없기 때문이다. 보다 먼 안목으로 보면 현재의 환경과 사람들은 모두 변하고 떠나갈 것이 아닌가. 그럼에도 우리는 당연함에 중독이 되어서 감동이나 감사는커녕 아무런 생각도 의식도 없이 받아들이는 것이다. 아무튼 잠깐의 고통이나 괴로움으로 이렇게 열매를 얻게 해주시니 이 또한 감사하지 않을 수 없다.

우리는 어떻게 매 순간을 알차고 충일하게 살아갈 수 있을까? 많은 성현들이 가치 있는 삶으로 충일한 삶을 가르친 것은 바로 이런 감사가 아닐까싶다. 중요한 것은 수시로 순간 순간을 감사와 사랑의 의식을 갖고 살아가는 것일진대 우리가 겪는 고통과 괴로움 속에는 그런 깨달음의 씨앗이 들어 있는 것 같다. 이제 중요한 것은 이 씨앗을 부수어 버리거나 메마르지 않도록 하고 싹이 틀수 있게 여건을 조성해 주는 것이다. 그리하여 깨달음의 열매까지 얻어야 하리라. 그리고 이것이 우리 그리스도인들이 바라는 주님의 은총이 아니겠는가?

암 선고를 받은 많은 분들이 그 말을 듣기 전과 들은 후의 삶이 달라진다고 한다. 생활 습관을 달리하고 새로운 계획을 세우는 생활모습만 아니라 세상을 바라보는 눈, 내 이웃을 바라보는 눈, 내 주변의 환경을 보는 눈이 달라진다는 것이다. 여기에 그리스도인들은 은총의 눈과 마음을 얻는 것이다.

"주님, 제 구원의 하느님 낮 동안 당신께 부르짖고 밤에도 당신 앞에 서 있나이다. 제 기도가 당신 앞까지 이르게 하소서. 제 울부짖음에 당신이 귀를 기울이소서. 제 영혼은 불행으로 가득 차고 제 목숨은 저승에 다다랐습니다."(시편 88, 2-4)

"그러므로 그리스도께서 육으로 고난을 겪으셨으니, 여러분도 같은 각오로 무장하십시오. 육으로 고난을 겪는 이는 이미 죄와 관계가 끊어진 것입니다." (1베드로 4, 1)

평화의 일꾼

태평동太平洞 성당 주위에는 유난히 평平이 들어가는 학교가 많다. 태평 초등학교를 비롯해 태평 중학교, 신평 초등학교, 유평 초등학교, 원평 초등학교가 있다. 평자 돌림의 학교들이 많은 것을 보면 사람들이 평자를 좋아하는 것 같다. 평자는 옥편을 보니 평할 평으로 나와 있다. 평平자 자체는 그야말로 평범하고 중립적이다. 거기에 앞뒤로 어떤 자가 오느냐에 따라 좋은 의미도 되고 나쁜 의미도 되고 또는 중립을 더욱 강조하는 뜻으로도 사용된다.

태평은 말 그대로 드넓은 태평양을 연상시키고 태평천국이나 태평성대나 평화나 화평도 다 좋은 뜻이다. 처음에 태평동에 부임을 하자 다른 곳에 사는 사람들이 나에게 어느 본당으로 옮겼느냐고 묻는 사람들이 있었다. 나는 농담 반 진담 반, 태평성대를 맛보러 간다고, 태평성대를 이루는 곳으로 갔다고 대답했다. 태평동에서 살아 온 지 4년이 지나고 마지막 5년째를 지내면서 그동안 나는 과연 태평성대 속에서 살아왔거나 태평천국을 이루었는가? 물론 이름 자체가 문제를 해결해 주고 저절로 우리를 행복하게 만드는 것은 아니다. 다분히 언어유희에 불과하다고 일축해도 태평동이라는 곳에서 나의 마지막 본당신부 생활을 할 수 있어 기분 좋고 감사하게 생각한다.

어릴 적에 교과서에서 '큰 바위 얼굴'이라는 글을 읽은 적이 있다. 주인공이 가슴 속에 늘 위대한 인물을 만나게 될 꿈을 안고 살아가면서 자기가 바로 그런 인물로 조금씩 변화되어 간다는 줄거리로 기억한다.

태평동에 사는 사람들이 모두 이 세상에 평화가 얼마나 소중한 것인지를 깨닫고 평화 애호가가 될 뿐만 아니라 평화를 위하여 기여하는 사람들이 될 수도 있지 않겠는가? 현재 우리 처지에서 평화를 위협하는 것들은 무엇일까. 아마도 독재정권과 거짓을 진실인양 감싸고 호도하는 세력과 북한의 터무니없는 억지들이 아닐까 싶다. 우리 한반도 역시 중동의 불안한 정세와 더불어 평화의 중요성을 명징하게 잘 드러내고 있다. 이제 세계는 지구촌을 한 공동체라고 한다. 우리나라의 평화는 단순히 한반도 평화를 넘어 동아시아와 전 세계 평화와 연계되어 있다. 성경에 나오는 하느님의 나라도 평화의 나라이다.

"하느님의 나라는 먹고 마시는 일이 아니라, 성령 안에서 누리는

의로움과 평화와 기쁨입니다."(로마 14, 17)

평화를 꿈꾸고 평화를 사랑하고 평화를 위해 일하는 것은 한 나라의 정부나 유엔(United Nations)에서 일하는 사람들만의 몫이 아니다. 우리가 모두 전쟁과 폭력에 대해서 '아니오!' 라고 말하면서 평화의 일꾼이 될 수 있다. 미국에 처음 도착했던 해에 도미니꼬 수녀님들이 운영하는 대학에서 영어가 짧아 말이 적은 묵상의 길(The Way of Meditation)이라는 과목을 의도적이고 계획적으로 한 학기 수강을 하였는데 기대 이상으로 유익하였다. 그 수업 시간에는 매번 실제로 묵상을 수행하도록 하였다. 그리고 묵상 수행의 결과로 얻은 가장 보편적인 열매는 마음의 평화였다. 그리하여 영어가 짧아서 받아야 할 스트레스를 줄이는 데에도 도움이 되었다. 그리고 지금은 그 이름을 기억하지 못하지만 세계적인 평화 운동가이며 묵상지도자인 어느 분이, 세계 평화를 위하여 유엔에서 일하는 사람들에게 여러분 자신이 평화를 누리는 것이 우선이라고 강의하면서 유엔에 종사하는 많은 사람들에게 평화를 누리도록 묵상(명상)을 지도했다는 말을 들은 적이 있다. 생각해 보면 평화는 개인적이며 동시에 공동체적이다.

"행복하여라. 평화를 이루는 사람들! 그들은 하느님의 자녀라 불릴 것이다."(마태 5, 9)

행복의 나래 (하느님 나라)

금년 초부터 본당에서 우리가족(냉담자) 회두를 위한 운동을 벌이

고 있다. 어쩌면 작년 말에 가졌던 새가족(예비신자) 찾기 운동의 연
장선상이라 하겠다. 사실 교회가 복음을 전하는 일은 특정한 시기에
만 하는 것이 아니다. 연중무휴로 진행되어야 할 일이다. 복음 선포
는 신앙인이면 모두가 수긍하는 바이니 교회의 본질적 사명이고 끊
임없이 진행되어야 하는 것이 마땅하다. 그동안 한국 교회는 비교적
단시일 안에 전 인구의 1/10을 교회로 인도해서 신자로 만들었다. 그
러나 너무 빨리 자란 탓으로 성장통을 겪는지 냉담자의 수가 너무 빨
리 증가하고 있다. 이제 한국교회의 장래는 앞으로 얼마나 새로운 신
자들을 만드느냐에 달려 있다기보다 앞으로 어떻게 냉담으로 빠지지
않도록 신자들을 이끌어 가느냐에 달려 있다 해도 과언이 아니다. 그
리고 이미 한 우리에서 벗어난 우리 가족들을 얼마나 효과적으로 다
시 불러들일 수 있느냐 하는 것이 관건이다. 다시 말하면 새로운 복
음화이다. 왜 그들은 교회를 떠나고 있는가? 각종 통계가 이런저런
이유를 보여주고 있지만 한 마디로 그들의 신앙이 성장하지 않기 때
문이 아닌가 한다. 정체된 신앙은 정체된 물처럼 변질될 것이고 자라
지 않는 신앙 역시 외부의 감염으로 오래지 않아 병들어 시들고 죽어
가게 된다. 새로운 복음화는 성장하는 신앙이다. 신자들이 예비신자
때처럼 계속 배우고 신선한 미래를 향해 나갈 수 있게 하는 길은 없
을까? 그것은 칼 라너의 말처럼 사람들이 신비가가 되도록 교회가
길을 닦고 열어주는 역할에 더 힘을 기울이는 것이라 본다. 신비가는
너무 거창한 삶이나 특별한 사람들이 걷는 인생이 아니라, 무엇이든

즉석에서 해결하려는 것이 아니고, 늘 주님의 손길을 느껴 보려 시도하며 성모 마리아처럼 숙고하며 사는 것이라 생각 한다. 이는 모든 것들을 즉석에서 해결을 하려는 인스턴트 시대를 거슬러야 하기에 쉽지 않을 수 있다. 너무 빨리 해결하려 할 때 우리는 기도할 여유를 갖지 못하는 것이다.

이번 우리가족(냉담자) 찾기를 하면서 본당에서는 일주일에 서너 번 미사 후에 냉담자 회심을 위한 기도를 바치고 있다. 만일 각 가정이 저녁기도 후에 냉담자 회심을 위한 기도를 바치게 된다면 상황이 훨씬 달라질 것으로 믿는다. 이렇게 되면 물론 시간이 걸리겠지만 자발적인 기도를 통해서 우리의 의식이 달라지고 관심이 커지고 마침내 좋은 열매도 맺을 수 있을 것이다. 본당에서는 어쩔 수 없이 전체에 이끌려 기도하지만 가정에서는 훨씬 자발적으로 기도할 수 있기에 그 효과도 막대하게 나타날 수 있다. 중요한 것은 성급하게 열매를 기대하지 않으면서 동시에 꾸준히 자라도록 계속하는 것이어야 한다. 하늘나라는 겨자씨(마태 13, 31)와 같이 눈으로 보이지 않지만 멈추지 않고 성장하기 때문이다. 모처럼 신앙의 해를 의미 있게 지내도록 구체적 방안으로 방문, 편지쓰기, 대부·대모, 대자·대녀 찾기 운동 등을 주기적이고 지속적으로 실행하며 마무리가 아니라 출발점이 되도록 강구하고 싶다.

태평동 성당은 그간 살아온 성당 중에서 가장 많은 교우들을 수용할 수 있는 큰 건물이다. 그리고 성당과 사제관 건물은 단순하지 않고 구조적인 면에서 약간 복잡한 편이다. 태평동 성당 건물은 좌우가 서로 대칭이 되지 않을 뿐만 아니라 들쑥날쑥 복잡한 편인데 건물이 복잡하다는 것은 그만큼 하자가 많이 생길 수 있는 소지가 있다.

가장 불편한 것 중 하나는 성당 안으로 들어오는 빛이 거의 없다. 그러다보니 밖에는 해가 떠 있어도 성당 안에서는 불을 켜지 않고 글을 읽을 수가 없을 정도이다. 그래서 빛이 조금이라도 더 들어오도록 서쪽 면으로 두 개의 창문을 내었다 물론 창문은 건물 전체에 비해서 잘 표가 나지 않도록 너무 크거나 별나지 않게 했다. 그랬더니 예상한 것보다 충분한 빛이 들어오지 않고 역시 어둡다. 어쩔 수 없다. 보수나 개수가 필요한 곳이 성당 건물만이 아닐 것이다.

이 글을 마무리하려고 생각하니 내 기억의 창고에도 충분한 빛이 부족하다는 생각이 든다. 40년 세월 속에 차곡차곡 쌓인 것들보다 아무렇게나 흩어져 있던 것들이 더 많다. 어느 것은 너무 깊이 묻혀 있고, 어느 것은 너무 작아 눈에 잘 띄지도 않고, 또 어느 것은 이미 어두운 창고에서 벗어나 여러 번 충분한 빛을 많이 쐰 것도 있다. 그리고 어떤 것은 꺼내 보았자 소용없거나 가치 없는 것들도 있고, 서로 엉켜 있어 도무지 실마리를 찾기가 어려운 것들도 있다. 나는 우선 되는 대로 손에 잡히는 것들과 꺼내는데 불편이 없는 것들을 이것저것 손에 들고 들여다보면서 나름대로 꼬리표를 달고 설명서를 붙여 보았다. 누구라도 읽으면서 작은 도움이 되거나 혹여 뜻밖의 좋은 영감이라도 얻게 된다면 나와 독자는 행복의 나래를 더 넓게 펼 수 있을 것이다. 주께서 가여운 나를 혜사惠思하시니 감사하다.

그간 주님의 섭리에 따라 지나온 삶을 돌아보고 동시에 앞으로 갈 길을 생각하니 하느님께서는 나에게 얼마나 많은 본당에서 사목을 했고, 얼마나 많은 건축(성당)을 했고 또 얼마나 많은 곳을 다녀 보았고, 얼마나 많은 사람들을 알고 있는지를 묻지 않을 것이다. 오히려 사목을 하며 하느님을 어떻게 알렸고 어떻게 영혼들이 휴식을 취할 수 있도록 만들었고 얼마나 사랑과 친절로 사람들을 대했는지 물을 것이다. 이런 점을 생각해 보니 깊은 회오의 마음이 일어남을 숨길 수 없다. 하지만 좋으신 하느님께서는 사제를 본당이라는 한정된 지역 안에서만 활용하시는 분이 아니기에 기쁘게 여긴다. 이제부터 크고 많은 것들보다 작고 눈에 잘 띄지 않는 주님의 일에 더 치중할 좋은 기회로 이끌어주시기를 희구希求한다.

사도 바오로는 1테살로니카서에서 이렇게 당신의 서간을 마무리하고 있다.

"형제여러분, 우리를 위하여 기도해 주십시오. 거룩한 입맞춤으로 모든 형제들에게 인사하십시오. ― 우리 주 예수 그리스도의 은총이 여러분과 함께 하기를 빕니다."

"내 영혼아, 주님을 찬양하여라. 내 안의 모든 것들아, 그분의 거룩하신 이름을 찬미 하여라. 내 영혼아, 주님을 찬미하여라.

그분께서 해 주신 일 하나도 잊지 마라.

네 모든 잘못을 용서하시고 네 모든 아픔을 낫게 하시는 분.

태평동 본당 213

네 목숨을 구덩에서 구해내시고 자애와 자비로 관을 씌워 주시는 분.

그분께서 네 한평생을 복으로 채워 주시어 네 젊음이 독수리처럼 새로워지는구나."(시편 103, 1-5)

주바라기 여정

유호식 아우구스티노신부 지음

발 행 일 | 2013년 11월 20일

지 은 이 | 유호식
발 행 인 | 李憲錫
발 행 처 | 오늘의문학사
출판등록 | 제55호(1993년 6월 23일)
주   소 | 대전광역시 동구 삼성1동 125-6 한밭오피스텔 401호
전화번호 | (042)624-2980
팩시밀리 | (042)628-2983
홈페이지 | http://www.lito77.co.kr(홈페이지)
전자우편 | hs2980@hanmail.net

공 급 처 | 한국출판협동조합
주문전화 | (070)7119-1741~2
팩시밀리 | (031)944-8234~6

ISBN 978-89-5669-579-2
값 12,000원